Boires et déboires
d'une déchicaneuse

DE LA MÊME AUTEURE

La petite et le vieux, Montréal, XYZ éditeur, 2010; Montréal, Bibliothèque québécoise, 2012.

- Lauréat de la 11e édition du Grand Prix littéraire de la relève Archambault 2011
- Finaliste au prix France-Québec 2011
- Finaliste au Prix des cinq continents de la Francophonie 2011

Le syndrome de la vis, Montréal, Éditions XYZ, 2012; Montréal, Bibliothèque québécoise, 2017.

Autopsie d'une femme plate, Éditions XYZ, 2017.

Les chars meurent aussi, Éditions XYZ, 2018.

- Lauréat du programme Une ville, un livre 2019

Diane demande un recomptage, Montréal, Éditions XYZ, 2020, Montréal, Bibliothèque québécoise, 2022.

Diane n'est pas sortie du bois, nouvelle, Montréal, Éditions XYZ, coll. « Draisine » 2022.

Marie-Renée Lavoie

Boires et déboires d'une déchicaneuse

roman

XYZ

Catalogage avant publication de Bibliothèque et Archives nationales du Québec et Bibliothèque et Archives Canada
Titre: Boires et déboires d'une déchicaneuse / Marie-Renée Lavoie.
Noms: Lavoie, Marie-Renée, 1974- auteur.
Identifiants: Canadiana (livre imprimé) 20220017123 | Canadiana (livre numérique) 20220017131 | ISBN 9782897723767 | ISBN 9782897723774 (PDF) | ISBN 9782897723781 (EPUB)
Classification: LCC PS8623.A8518 B65 2022 | CDD C843/.6—dc23

Les Éditions XYZ bénéficient du soutien financier du gouvernement du Québec par l'entremise du programme de crédit d'impôt pour l'édition de livres et de la Société de développement des entreprises culturelles du Québec (SODEC). L'éditeur remercie également le Conseil des arts du Canada de l'aide accordée à son programme de publication.

Financé par le gouvernement du Canada | Canada

Édition: Myriam Caron Belzile
Révision: Isabelle Pauzé
Correction: Sylvie Gourde
Conception typographique et montage: Édiscript enr.
Graphisme de la couverture: Sabrina Soto
Illustration de la couverture: Sinica Kover, Adobe Stock
Photographie de l'auteure: Hélène Bouffard

ISBN version imprimée: 978-2-89772-376-7
ISBN version numérique (PDF): 978-2-89772-377-4
ISBN version numérique (ePub): 978-2-89772-378-1

Dépôt légal: 4e trimestre 2022
Bibliothèque et Archives nationales du Québec
Bibliothèque et Archives Canada

Diffusion/distribution au Canada:
Distribution HMH
1815, avenue De Lorimier
Montréal (Québec) H2K 3W6
www.distributionhmh.com

Diffusion/distribution en Europe:
Librairie du Québec/DNM
30, rue Gay-Lussac
75005 Paris, FRANCE
www.librairieduquebec.fr

Imprimé au Canada

www.editionsxyz.com

À celles et ceux qui apprennent
à s'aimer sur le tard

1

Où je redécouvre la course de corridor.

Karyne pleurait. Encore. Les mots se bousculaient dans sa bouche pour former une bouillie inaudible que ses lèvres tremblotantes laissaient filtrer par à-coups, comme des pets de moteur au bord de la panne sèche. Alourdis par l'eau, ses faux cils peinaient à se maintenir courbés. Je craignais même que le sel vienne à bout de la colle et lui impose une humiliation de plus, souhaitée par personne. Tenu au silence par ma main droite discrètement levée qui en imposait comme un *gun*, le reste de l'équipe patientait docilement. On m'avait confié la charge de rétablir la synergie défaillante du groupe – peu importe ce que ça voulait dire – et de faire rouler des têtes au besoin. Cette toute-puissance, parfaitement non méritée, descendue sur ma personne par la grâce des grands patrons de la compagnie qui avaient, par désespoir, accepté de m'engager, aurait dû m'effrayer; au contraire, elle m'insufflait une force tranquille que j'apprivoisais tout naturellement, à mon plus grand étonnement: je m'étais toujours crue faite pour les rôles bienveillants qui en appelaient à la fibre maternelle, alors que le pouvoir me convenait davantage. Et pour mieux habiter mon poste, j'avais compulsé une grosse pile de documents sur la communication bienveillante et ses dérivés, qui m'avaient mis en bouche des mots capables de me faire passer pour ce que je n'étais pas encore. Et j'y arrivais.

— Mais t'as encore manqué la réunion, Karyne...

— Cépassquejenonc'estpasdemafautec'estjesaispas...

Quelques semaines plus tôt, alors que l'année scolaire tirait à sa fin, Claudine était débarquée dans ma cuisine tout excitée, une pile de feuilles dans une main, une bouteille de blanc dans l'autre. Toutes les nouvelles s'arrosent, avec Claudine, les bonnes un peu plus que les mauvaises. L'entreprise dont elle dirigeait le service des ressources humaines – et où j'avais bossé pendant plus de dix-sept ans avant d'être emportée par une vague de restructuration – ouvrait un tout nouveau poste pour rebâtir la synergie du personnel que la pandémie avait anéantie. De très nombreux employés étaient partis pendant que les remplaçants, souvent engagés à distance et dans l'urgence, se retrouvaient à errer dans une boîte aux contours flous où tout un chacun cherchait d'abord, avant même que de tendre vers l'efficacité qu'on attendait d'eux, à se tailler une place dans un monde sans repères. Un peu comme si on envoyait sur la glace une équipe de hockey non entraînée formée de noms pigés au hasard. Des bons joueurs, certes, mais qui n'ont même jamais patiné ensemble. Sous la pression des conflits de travail et de personnalité qui s'y étaient multipliés, certains départements étaient sur le point d'imploser. Diagnostic de la direction : il fallait rapidement cibler les éléments troubles et les éliminer, comme on coupe un membre gangrené pour sauver le reste du corps. Le service de Claudine étant aussi débordé que se faisait rare la main-d'œuvre spécialisée, elle ne pouvait se permettre de gérer ces microcrises qui enflaient démesurément et mettaient à mal sa patience – ou son absence de. Le poste qu'on m'offrait devait donner aux RH un peu d'oxygène, comme le font les plantes vertes pour l'air vicié de nos intérieurs, et permettre de sauver quelques têtes.

— Mandat de six semaines seulement, les *boss* veulent que le ménage soit fait avant l'automne, les cahiers de commandes sont pleins. C'est pas des affaires compliquées, juste des chicanes normales, du monde qui s'haïssent, qui se plantent des couteaux dans le dos, t'es bonne avec ça, toi. Si t'aimes pas ça, ton contrat finit juste à temps pour la rentrée, tu pourras retourner câliner tes petits cocos, si tu veux. Formule *win-win* pour toi.

— Ça veut dire quoi, « synergie des équipes professionnelles et numériques » ?

— Bah, rien, faut juste gérer des chicanes. Y mettent ça partout, *synergie*, c'est un peu comme *résilience*. J'ai pensé que ça sonnerait bien, surtout qu'on sait pas vraiment ce que ça veut dire…

— Pis « numériques » ?

— Pas rapport, c'est pour l'enveloppe de rémunération, y nous reste juste du budget là-dedans, j'ai foutu le mot à la fin pour que ça passe. Tu refiles les problèmes au département technique si y a des problèmes « numériques », ça paraîtra même pas.

— C'est renouvelable ?

Claudine, ma *best* qui habitait le rez-de-chaussée du duplex qu'on avait acheté ensemble après ma séparation, rêvait de me voir revenir au bureau, dans un emploi stable, bien rémunéré, peu éreintant physiquement. Elle me présentait tous les postes qui s'ouvraient avant leur affichage, promettait de faire preuve à mon égard d'un irréprochable favoritisme. Me voir débuter une carrière en enseignement au primaire à 50 ans l'angoissait totalement : trop de précarité, d'enfants à soulever consoler torcher, de poux, de virus, de parents insupportables, convaincus de la magnificence de leur progéniture. Jouer à la Gestapo dans son entreprise serait beaucoup plus sain pour moi, plus simple. Traquer et anéantir l'ivraie avait même quelque chose de poétique pour elle.

— Ça fera pas sérieux, y a des firmes de consultants spécialisées pour ça.

— La pénurie frappe là comme ailleurs, les règles ont changé. Pis la dernière firme qu'on a engagée nous a coûté une beurrée, nous a rien rapporté, à part deux congés de maladie. Les *boss* voulaient m'étriper. Tant qu'on parle de sauver du fric à l'autre bout, y sont contents.

— D'où le contrat sur mesure.

— Je me suis quand même arrangée pour que ça *fasse sérieux*…

Elle m'avait pointé un encadré jaune fluo sur la dernière feuille de la pile dans lequel rutilait un nombre élégant, chatoyant comme une pépite polie, tout en tire-bouchonnant un bourgogne aligoté perlé de condensation. J'avais attendu d'avoir avalé une gorgée de vin avant de répondre, la surprise m'ayant légèrement resserré le boyau.

— D'un autre côté, je sais comment régler les chicanes.

— Ce que tu fais mieux que personne, ma chérie, j'ai déjà tout dit ça aux patrons. Je t'ai même comparée à une arracheuse de pissenlits, capable d'atteindre les racines profondes du mal. Ça les a beaucoup touchés, c'est des sensibles du gazon, ces gars-là.

— Ça prend toujours ben un minimum de qualifications, non ?

— C'est moi qui fais le tri des C.V., qui organise les entrevues pis qui fais signer les contrats.

— Y vont se souvenir de moi, y achèteront pas ça que je revienne dans un autre département.

— T'es drôle ! Comme si ces gros nombrils-là pouvaient se souvenir de toi ! Y me demandent mon nom à chaque trimestre, depuis vingt ans… *Come on*, dis oui, c'est pas une *job* d'ordinateur, cette fois-là, tu vas travailler avec du monde, tu vas aider le monde…

Claudine m'avait laissé le temps d'y penser, prenant seulement soin de me rappeler plusieurs fois par jour que c'était une occasion rêvée qui ne se représenterait probablement plus au cours du prochain millénaire.

J'avais donc passé les premiers jours de l'été à me torturer l'esprit, déchirée entre l'excitation d'un insolite retour au bureau, où j'avais jadis promis de ne plus remettre les pieds, et la désagréable impression de m'avouer vaincue en profitant de cette chance de quitter l'école.

La balloune de mes rêves naïfs était pétée depuis un moment. La réalité s'échinait chaque jour à en disperser les dernières volutes. Mon amour surdimensionné pour les élèves ne rachetait pas le fait que tout était plus difficile que prévu, plus confrontant, plus déstabilisant, plus éreintant, tant physiquement que mentalement. Comme tous ceux qui n'ont jamais enseigné et qui se croient capables de le faire sous prétexte qu'ils ont élevé des enfants, je m'étais raconté plein d'histoires sur ce que je saurais faire mieux que les autres. Comme eux, je n'avais pas tenu compte du fait que j'aurais à composer avec vingt-cinq paires de parents penchés au-dessus de mon épaule pontifiant des *mais moi, je pense que* à chacune de mes décisions.

Ce contrat de déchicaneuse, en m'offrant le prétexte usé à la corde du *nouveau défi à relever*, devenait donc une façon toute légitime de changer de cap. Et mon esprit, prompt à donner à la réalité le tour qui lui convient, s'était tout de suite mis à magnifier les plaisirs minuscules que je me réjouissais déjà de retrouver au bureau : aller seule aux toilettes, marcher en talons hauts sur du tapis, boire mon café chaud, échanger des phrases complètes avec d'autres adultes, m'asseoir pour manger mon lunch, éponger mes dégâts – quelques gouttes de vinaigrette sur la table – avec du vrai papier à main, tomber dans la lune sans mettre la vie de qui que ce soit en danger. Voir Ji-Pi, peut-être…

Tout le monde me jugerait, mes enfants les premiers, eux qui m'avaient tant soutenue dans mon projet de sauver le monde, une trâlée de petits êtres fragiles à la fois. Si je n'y revenais pas, mon seul fait d'armes en enseignement serait d'avoir gonflé les stats déjà obèses des abandons de carrière précoces. Fuir un bateau en rade serait si lâche, si moralement indigne, mais c'était beaucoup demander que de nous faire écoper avec de l'eau jusqu'au cou…

Le contrat était renouvelable et pouvait se transformer en poste, la brèche s'ouvrait toute grande, je le savais parfaitement, le souhaitais, même. Donc j'ai dit « oui ». Donc Karyne en pleurs, pour la deuxième fois en trois jours.

— Si je comprends bien, Karyne, la convocation pour la réunion s'est retrouvée dans tes messages archivés sans que tu l'aies ouverte ?

— Nonmaisouimaisjel'aipasouvertemaismaisjemais était-làjecomprendspas...

Les réseaux sociaux sont des mannes précieuses capables de révéler les profondeurs de la psyché humaine, m'avait expliqué Antoine, mon informaticien de fils. J'avais donc « fait mes recherches », fouiné sur les profils virtuels des uns et des autres, savais à qui j'avais affaire. À droite de l'éplorée, Éloi - 32 ans, *skateboard*, mangas, bol poké, yoga chaud - regardait le tissu de la chaise entre ses jambes en se tordant les doigts. À sa gauche, Jean-Jean, dit Johnny - 51 ans, moto de route, motomarine, vêtements de moto, modèles réduits de moto, filles sur des motos -, tenait fermement ses sourcils dans sa main droite, dissimulait très mal son envie d'être ailleurs, sur un ruban d'asphalte quelque part où il fait beau, j'imagine. Carole, deux chaises plus loin - 52 ans, tutoriels de coiffure, couchers de soleil, Céline Dion, chats dans des boîtes, confitures maison, fougère en tissu -, maintenait son nez dissimulé dans le triangle isocèle qu'elle formait avec ses mains, totalement exaspérée. Léanne - 27 ans, TikTok, Australie, rallonges de cheveux, *Bubble tea*, son neveu John-Nathan - était absente. Carole et Jean-Jean étaient des anciens d'une des divisions de la boîte fermée en région au moment de la fameuse grande restructuration.

Comme l'avait prédit Claudine, les mouvements de personnel avaient été si nombreux au cours des deux dernières années que mon départ s'était noyé dans le reste. Avec les employés, j'y étais allée d'une formule floue qui ne serait ni une vérité ni un mensonge : j'avais commencé à travailler pour la maison une vingtaine d'années auparavant, officié dans divers départements. On use parfois des mots comme du fond de teint, en espérant tromper tout le monde.

Personne n'accusait directement Karyne, mais tous les voyants pointaient en sa direction. Elle était le dénominateur commun de toutes les situations conflictuelles dans le département de la gestion de projets : elle manquait des réunions, n'apportait pas les bons documents, omettait de répondre à des courriels importants et avait même envoyé par erreur à tout le service un message destiné à une amie dans lequel elle se moquait du « gros cul en forme de poire » de Carole. Je m'en tenais aux faits pour forcer une approche rationnelle de la situation, on m'en servait à la pelle. C'est d'ailleurs une allusion à ce malheureux envoi lors de notre première réunion qui avait fait dérailler ma première intervention : Karyne avait essayé de se défendre, s'embourbant dans des maladresses qui n'avaient fait qu'aggraver son cas, pendant que Carole, bonne joueuse, s'était levée pour montrer les généreuses saillies de ses hanches, y allant même de quelques pas de *merengue* pour mieux nous les faire apprécier. Karyne s'était mise à pleurer quand Johnny, que la scène comblait, avait explosé de rire en tapant la table de réunion du plat de la main et en répétant : « J'en reviens pas, câlice ! »

Sentant que la situation était en train de m'échapper, j'ai fait volte-face sans prendre le temps de réfléchir.

— Écoutez, on va s'arrêter ici pour aujourd'hui. Je vous remercie beaucoup d'être venus.

Je me suis retenue d'ajouter « Et merci d'avoir nourri nos discussions », comme on le recommande dans mes bibles de la bonne communication, pour éviter d'être encore traitée de Calinours autour de la nouvelle machine à café – je l'avais moi-même entendu. Et personne n'avait réellement « nourri » quoi que ce soit. Très discrètement, du bout des doigts, j'ai effleuré le bras de Karyne pour qu'elle regarde mes lèvres : « Reste deux minutes, s'te plaît. »

— Mais va falloir faire quèque chose, le client d'hier était sans connaissance…

— Je sais, Carole, je comprends.

— Je pensais qu'on réglerait enfin ça aujourd'hui.

— C'est ce qu'on fait, je comprends ta frustration. Merci, Carole.

J'ai forcé un peu mon sourire pour lui faire comprendre, avec bienveillance et ouverture, qu'elle était *reconnue dans sa douleur* – règle d'or en gestion des conflits et d'humains en général –, mais que la conversation d'équipe s'arrêtait bel et bien là. La tête de Karyne était déjà sur le billot, nous connaissions tous la nature de ses manquements, je ne voyais pas ce qu'on gagnerait à la regarder se décomposer en groupe. Quand la porte s'est refermée, il n'est plus resté qu'une petite fille malheureuse devant une madame menaçante dans une grande salle de conférence au tapis d'une laideur troublante (des séries de losanges tricolores imbriquées en fleurs tristes). J'ai flatté le bord de la table en bois massif pour me donner le temps de trouver quelque chose de pertinent à dire.

Ça n'est pas venu.

— Tu me fais penser à ma fille, Charlotte.

Elle a froncé les sourcils, comme inquiète tout à coup de la tournure personnelle de l'entretien. Les gangsters essaient toujours de détendre l'atmosphère avant de couper un doigt.

— À doit faire pitié.

— Pas du tout. C'est une grande sensible.

— C'est ça que je disais.

Mauvaise idée, on l'avait probablement traitée de sensible toute sa vie. Elle s'est mouchée avant de rejeter la tête vers l'arrière, le cou offert, en attendant courageusement la sanction qui ne viendrait pas.

— Prends-tu des vacances cet été ?

— J'imagine que vous allez m'en offrir plus qu'il m'en faut.

Son menton s'est remis à trembler, ses yeux se sont affaissés. Maintenant qu'elle croyait son sort scellé, elle n'essayait même plus de se défendre. À défaut de pouvoir la prendre dans mes bras, ce que mon poste d'arracheuse de pissenlits m'interdisait complètement de faire, j'ai fermé mon dossier et me suis approchée d'elle en faisant doucement rouler ma chaise ergonomique Idimex High Back-37 à 699 $ avec roulettes en uréthane qui n'a pas émis le moindre couinement. J'ai eu une pensée pour les balles de tennis éventrées qui servent de silencieux sur les pattes de chaises à l'école.

— Veux-tu me montrer où t'as archivé la convocation de la réunion ?

Elle a souri. C'est tout ce qu'elle voulait, qu'on la croie. L'espoir, tout à coup, lui a défripé les traits. Elle s'est redressée en reniflant comme une enfant habituée de pleurer et d'en revenir, comme ma Charlotte. J'ai écouté attentivement ses explications, vu comment les réunions s'archivaient automatiquement dans une application qui mettait en branle tout un système de notifications à triple alarme, entre autres. Je n'ai évidemment à peu près rien compris, sinon qu'elle avait une appréciable longueur d'avance sur moi en matière de gestion électronique d'horaire – ou d'électronique tout court –, mais j'ai prudemment hoché la tête avec le plus grand sérieux, tentant de camoufler ma technonullité sous un épais silence. Quand je l'ai entendue me faire un résumé très succinct de la situation avec des mots d'enfant qui laissaient entendre qu'elle avait compris que d'experte en numérique je n'avais que le titre – « Donc j'ai pas pu peser sur le bouton "accepter la réunion" juste ici, la touche verte, c'est impossible, la machine m'aurait avertie d'une façon ou d'une autre » –, j'ai mis fin à la réunion en lui promettant d'essayer de comprendre ce qui se passait.

Je l'ai envoyée rejoindre Éloi pour qu'ils tentent de reconquérir le client échaudé et je suis restée un moment seule, les yeux plantés entre deux fleurs psychédéliques, à me demander ce que je faisais là avec mes prétentions ronflantes de synergiseuse en chef. Si la dernière recrue pouvait m'apprivoiser avec quelques larmes, on aurait vite fait de me déboulonner. J'ai ramassé mes chairs et mon esprit enténébré pour monter jusqu'au bureau de

Claudine et m'affaler, comme dans le bon vieux temps, sur la chaise des lamentations.

— J'suis poche.

— Laisse-toi arriver, ça fait toujours ça au début.

— Le monde braille pis je leur flatte le dos.

— Qui braille ?

— Karyne.

— Encore ?

— Une affaire de réunion manquée, un client qui menace de s'en aller ailleurs...

— Quel client ?

— Sicotte.

— Sais-tu c'est quoi, son petit nom, à Sicotte ? Fond de short. Répète pas ça, c'est une *inside* avec Marcel de l'approvisionnement. Mais occupe-toi-z'en pas, y fait ça à chaque grosse commande, quand y essaie pas de se gosser des retours malhonnêtes, c'est un tout croche.

— N'empêche, les autres sont écœurés.

— On la *flushe*, d'abord ! C'est la seule équipe avec des surnuméraires, à cause de la fusion.

— Elle a juste 27 ans.

— L'âge parfait pour recommencer sa vie n'importe où. On y fera une belle lettre avec une étoile en or collée dans le coin. Bon, j'ai un appel qui rentre, je te sacre dehors.

— J'ai rendez-vous avec l'équipe des ressources matérielles, de toute façon.

— *Oh boy*, les matérieux ! T'as de la chochotte là-dedans, tu vas t'amuser.

— Coupe pas Karyne tout de suite, faut que j'y reparle.

— OK, madame la directrice!

Quand je suis sortie de son bureau, le couloir était vide, silencieux, froid, comme une capsule spatiale désertée. Je me suis revue au même endroit, deux ans auparavant, zombifiée par l'explosion de ma vie dont je traînais partout les lambeaux, jusque dans le bonheur des autres. Les douleurs sont des éléphants encombrants. À cette époque-là, les mots «T'es plate» et «Quelqu'un d'autre» avec lesquels Jacques m'avait assassinée en me quittant me hantaient encore. Je les avais ruminés sans relâche, en dépit des conseils de ma psy, pour en sabler les arêtes tranchantes, les rendre inoffensifs, les vider de leur poison, les digérer jusqu'au dernier atome, ce que j'avais particulièrement réussi: ils ne présentaient désormais plus aucune aspérité, me glissaient de la pensée à la bouche comme des bonbons fondants, à l'amertume dégonflée. Ils ne me blessaient désormais pas plus que l'annonce du montant de la dette au *Téléjournal* du soir. Je n'étais ni n'avais jamais été plus ou moins plate que n'importe qui. C'est ce que quelques milliers de dollars en psychothérapie m'avaient permis de comprendre. Constat banal, en apparence, mais salvateur pour moi, car c'est sur cette base réconfortante que le reste avait pu s'échafauder, ma renaissance dans les bras de Guy, le duplex, l'école, même ce poste qu'autrement j'aurais refusé. Que même Claudine ne m'aurait pas offert, en réalité.

J'ai enlevé mes souliers que j'ai attrapés par les talons aiguilles et me suis mise à courir sur le tapis ras, d'abord à petits pas, puis comme une joggeuse lâchée lousse sur un terrain de golf. Les coutures de ma jupe-tailleur ont gémi un peu, mais tenu bon, les braves. L'habitude de la tension, j'imagine. Une fois au bout, j'ai vérifié, toujours personne, alors j'ai remis ça et fait trois autres allers-retours en mettant tout ce que j'avais dans le dernier droit. J'aurais pu filer jusqu'en Gaspésie. Si les rues étaient parfaitement plates, climatisées et pavées de tapis ras, tout le monde se mettrait à la course, même moi. Ça me faisait plaisir d'y croire. Une employée que je ne connaissais pas est sortie pour voir ce qui se passait, café dans une main, téléphone prêt à servir dans l'autre, visiblement sur le point d'appeler la cavalerie. Un autre s'est collé le nez sur la fenêtre de son bureau, sans courir le risque d'ouvrir la porte. Je me le suis imaginé dans une tranchée, à la guerre, roulé en boule au fond du trou. On a le courage qu'on peut. J'ai envisagé de lever le pouce pour le rassurer, mais j'ai tapé la vitre du plat de la main au dernier moment pour finir de le terroriser avant de bifurquer vers l'escalier de service qui me jetterait sur le quatrième, incidemment l'étage de la comptabilité, celui de Ji-Pi, que je croiserais peut-être par pur hasard. Ou pas.

Dans la salle de réunion, l'équipe des ressources matérielles m'attendait avec des faces de plâtre. Tant pis pour eux, j'étais complètement crinquée.

2

Où je montre un bout de mes fesses.

Je me suis fait prendre, évidemment. C'était une question de temps avant que Charlotte ne découvre que j'avais une *job* d'été.

Dans la ruelle, mes chers voisins, gentiment surnommés les Ostimans, étaient au poste, dans l'entrée de leur garage, en train de refaire le monde à coup de sacres arrondis et de formules creuses.

— Quin, si c'est pas Cécile !

Pour une raison ou une autre, c'est le nom qu'ils m'avaient donné. J'avais peut-être une tête de Cécile. C'est en constatant qu'ils ne m'offraient pas une p'tite frette comme d'habitude – que je n'avais ceci dit encore jamais acceptée – que j'ai compris que j'avais de la visite chez moi. D'en bas, je voyais la queue de cheval de Charlotte qui se dandinait de gauche à droite, comme si elle parlait à quelqu'un. Elle n'entrait désormais jamais sans moi, même si elle savait où trouver la clé de secours ; ma grande fille était une invitée dans ma maison.

— Allô cocotte !

— *Mom?* Tabarouette! T'es ben madame, t'arrives d'où, comme ça?

Je me suis jeté un œil pour évaluer objectivement ce qu'elle voyait: tailleur vert-de-gris, chemise en soie deux tons plus pâles, sac à main et souliers anthracite. Ce n'est pas sans un certain agacement que je me suis sentie comme la femme d'avant, l'épouse de Jacques, toujours tirée à quatre épingles dans des habits coûteux aux accessoires assortis. J'ai sorti ma chemise de ma jupe et défait mon chignon pour m'ensauvager un peu. Et c'est là, seulement là, que j'ai vu la chose.

— Pas un autre animal?

— Mais non, c'est juste un chien.

— Ton chien?

— Ben oui pis non, avec mes stages cet été, je serai presque jamais là…

— Je t'avertis, Charlotte, je le prends pas *en attendant*, pas cette fois-ci, c'est hors de question.

— Je t'ai pas demandé de le prendre, non plus.

— Comme tu m'avais pas demandé de prendre Steve le chat poche, pis qu'y est encore ici, au cas où tu l'aurais oublié.

— Mais tu l'aimes, Steve!

— C'est pas la question, Charlotte! Je voulais pas de chat, moi, tu m'en as imposé un pis un autre quand même. C'est correct, Steve gère sa vie, ça va, bon, à part les oiseaux morts, mais tu me feras pas le coup avec un bébé chien qu'y faut sortir trois fois par jour, qui pisse partout, qui mange les meubles, j'ai vraiment pas le temps pour ça…

— Ah? T'es pas en congé, l'été, toi?

Voilà, on y était. Elle a fait sa face de bout de chou à laquelle elle me savait incapable de résister, les mains en cul-de-lampe sous le menton. Son père tout craché, jusque dans la mimique. Ressemblance grâce à laquelle je n'étais jamais parvenue à totalement le détester.

— Dominic est pas là ?

— Change pas de sujet.

— OK, on fait un *deal* : tu me dis pour vrai pourquoi t'as amené ce chien-là ici, pis je te dis d'où j'arrive.

— OK : c'est juste le plus merveilleux bébé Golden retriever que j'ai jamais vu de ma vie, j'avais juste envie de te le montrer. À ton tour.

— Je te crois pas.

— Y a un souffle au cœur, un petit, pas si grave. C'est juste que c'est pas encore opérable.

— Évidemment, sinon y a douze familles qui se seraient battues pour l'avoir.

— Les gens aiment mieux les défauts visibles ; pour les photos, c'est mieux.

— Mais t'es pas juste venue pour me le montrer.

— Oui... mais je me disais que...

— Je le savais ! Charlotte Valois, c'est non ! Non, non !

— Ce serait bien pour toi...

— N, o, n, non.

— Pis aussi pour Madeleine.

— C'est quoi le rapport avec Madeleine ?

— J'ai pensé que ça y ferait du bien, un chien. À capote sur les chiens.

— Les animaux sont interdits au foyer.

— Pas les chiens de thérapie, pour des visites, je me suis renseignée. Pis je me suis déjà arrangée avec Doum pour la « licence » pis la paperasse, pis toute…

— Oh mon dieu, t'as déjà magouillé tout ça ?

— Ça passe toujours, inquiète-toi pas, on a pensé à tout.

Elle soutenait mon regard, solide et fière. Ma petite Charlotte jadis terrorisée à la seule idée d'aller passer quelques heures chez une amie traficotait des papiers comme une mafieuse aguerrie pour offrir un peu de bonheur à ma vieille amie. J'aurais dû lui dire que c'était mal, que les règles comme les licences existaient pour de bonnes raisons, ce qu'une presque docteure comme elle devait savoir encore mieux que moi, mais je me suis à peine retenue de la féliciter, impressionnée par l'ingénuité de la généreuse supercherie. Madeleine serait complètement folle de joie. J'imaginais déjà ses petites mains en papier de riz ensevelies dans la fourrure dorée, les mots doux qu'elle lui chuchoterait en lui massant les oreilles.

— Ton tour ! T'arrives d'où ?

— OK pour les visites à Madeleine, mais je le prends pas ici.

— Le *deal*, allez !

— Tu m'as pas dit la vérité, j'suis pas obligée.

— J'ai fini par la dire, enweille.

— Ffff… y fait tellement chaud.

— Enweeeille !

— J'avais une *date*.

Elle a levé les sourcils, l'air de dire ben oui, à d'autres.

— Maman, personne s'habille en tailleur pour aller à une *date* en plein après-midi quand y fait 33 degrés.

— Ressenti 33, y fait 28.

Démasquée, je lui ai donc raconté mon retour au bureau, le contrat de rapiéçage d'équipes cassées que je prenais pour l'été, mes doutes, mes peurs. Elle comprenait tout à fait, ma belle âme, ne voyait aucun problème à ce que je retourne travailler pour la boîte sur laquelle j'avais déversé tout mon fiel en la quittant. À cette époque-là, je démolissais mes meubles - surtout ceux offerts par mon ex-belle-mère - à coup de masse pour les passer par les fenêtres. Mes montées de lait n'impressionnaient personne, étaient même jugées nécessaires et salvatrices. Souffrir donne le droit d'être un mauvais humain, au moins pendant un temps. Quand je m'étais retrouvée au chômage, c'est elle qui avait pensé à l'école: pour se refaire un karma de mère Teresa, c'est l'endroit rêvé. En réalité, elle n'avait absolument rien contre les bureaux confortables, les titres prestigieux, les beaux chèques de paie.

Tout ce temps, le plus merveilleux retriever de l'univers lui mordillait les doigts, les léchait, voulait descendre de la bergère en osier, remonter, redescendre, encore mordiller, lécher, se battre contre le cordon de son chandail à capuchon, redescendre, remonter, mordre sa propre queue, descendre...

— J'aime les animaux, maman, mais je ferais pas ça si c'était mal payé.

— Pour vrai? Tu m'as jamais dit ça avant.

— Tu me l'as jamais demandé.

Ce qui était parfaitement vrai. Je me l'étais toujours imaginée motivée par sa passion dévorante pour les bêtes, seulement par ça, à des années-lumière de toute considération matérielle. Parce qu'elle avait passé son adolescence à bouder les vêtements griffés et les nouveaux téléphones, j'en avais bêtement déduit qu'elle se foutait éperdument de l'argent. Mais Charlotte aime le confort des couettes en plumes, les vraies boiseries, les bons sushis, les vieilles villes d'Europe, plaisirs que le salaire moyen tient généralement à distance. Par un raccourci qui m'apparaissait maintenant terriblement réducteur, j'avais fait une adéquation entre magasinage à la friperie à l'adolescence et vie de bohème pour toujours.

— On veut s'acheter une maison.

— Qui, on ?

— Maman, franchement…

J'ai eu une petite bulle au cerveau, un blocage symptomatique qui n'a évidemment pas échappé à Charlotte.

— Avec Doum ?

— Avec qui d'autre, maman, *come on*…

Dominique, mon gendre mou, en tempérament comme en ossature. Le genre de gars comblé de joie à l'idée que la vie soit seulement une succession d'inspirations et d'expirations. Comme une fougère. Heureux de manger, de dormir, peut-être un peu moins de se laver. Difficile d'avoir le bonheur plus simple, plus dégarni. J'aurais dû l'aimer, pour ça, entre autres, mais quelque chose en moi résistait, refusait de lui céder ma fille, comme si son manque de consistance était contagieux et risquait de la gâcher, elle, mon chêne-roseau. Je m'abandonnerais à l'aimer vraiment, j'en étais certaine, que lorsqu'elle m'annoncerait son éviction du tableau. J'étais parfois une petite madame guindée qui cherchait un bon parti pour sa fille, la tête pognée quelque part dans le moule d'un autre siècle. Je n'en tirais aucune fierté.

— Mais vous êtes tellement jeunes…

— Maman, j'ai 24 ans.

— Oui, justement.

— T'étais enceinte à cet âge-là, toi !

Je me suis retenue d'ajouter « C'était pas pareil dans mon temps », puisque c'était une grossière insulte à la vérité : Charlotte voulait se reproduire, avoir des humains à elle, une vie à elle, créée par et pour elle, comme à peu près tout le monde depuis le début des temps. Pas besoin de se taper un cours d'anthropologie pour comprendre ça. Mais comme j'avais derrière la cravate 25 ans de fatigue et d'inquiétude, un divorce et un chapelet d'innombrables deuils, je ne voyais dans leur projet qui s'esquissait que la menace sombre des mille douleurs capables de le détruire.

— On descend montrer le chien à Claudine pis aux filles ?

C'était une mauvaise idée, je le sentais. J'aurais dû m'empresser de dire non, déjouer le piège, crever le complot dans l'œuf. Claudine et ses deux grandes filles seraient gagas devant le chien, et je me retrouverais complètement isolée avec mes arguments rabat-joie. Je serais la grosse pas fine, la cruelle, et elles, les gentilles zamoureuses des zanimaux – un chien cardiaque, l'aubaine, chose ! –, même si la réalité nous ferait rapidement changer de rôle : elles auraient beau faire toutes les promesses possibles, quand je serais prise pour le garder, aucune des trois ne mettrait jamais le pied dehors par moins vingt pour aller promener le beau 'tit chien trop *cute*, ni sous la pluie, ni pendant les grosses chaleurs, les vacances ou les examens, jamais jamais. Nos enthousiasmes seraient forcément inversement proportionnels à notre implication dans l'affaire ; pour elles, les caresses, pour moi, tout le reste. D'où mon pied sur le frein.

Charlotte s'est élancée dans l'escalier qu'elle a dévalé à la course pour couper court à ma tiédeur. Sur ses talons, le chien a stoppé net avant la première marche, terrorisé par le gouffre qui s'ouvrait devant lui. Avec une patte tremblante levée en l'air, comme un chat dans le courant d'air d'une porte entrebâillée, il a poussé un petit gémissement étouffé, tourné vers moi son museau de blanchon faible et vulnérable qui me ramollissait déjà. Ça commençait très mal.

— Charlotte ? Ton chien veut pas descendre !

— Y va finir par venir, laisse-le faire.

— Non non, on dirait qu'y veut me suivre, je m'en vais me changer avant de descendre, appelle-le.

— Fiouze ! Mon chien, viens mon chien ! Fiouze, au pied !

— Fiouze ?

— C'est Doum qui l'a appelé de même… Elle est où, la balle ? Tu veux la balle ?

— C'est bon, y essaie de descendre ! Continue !

Quand sa petite queue touffue est disparue dans l'escalier, je suis restée un moment à regarder les toits de Limoilou, léchés par un ciel à l'humeur douteuse, et le délicieux foutoir des balcons chargés de bacs à fleurs disparates à moitié crevées après une énième journée de canicule. Les gens flânaient plus bas, dans les rares coins d'ombre. Ils murmuraient, pour que le soleil ne les trouve pas. J'ai jeté un œil amoureux à ma toute nouvelle thermopompe en m'enfournant dans mon appartement.

L'air de ma maison était poisseux, surchargé d'une humidité odorante, comme une mélasse en suspension. J'ai fait bouger ma main à la hauteur de mes yeux pour mieux m'étonner qu'elle ne laisse pas de trace. J'ai même étiré un peu la souffrance en prenant le temps de flatter Steve, recto verso, avant de retirer mon veston. Les mini-animaux en plastique que je disposais sur le bord de la fenêtre pour qu'il puisse s'amuser à les jeter à terre jonchaient le sol, à l'exception du rhinocéros, qui restait invariablement indétrôné à la fin de la journée. La fraîcheur coulait déjà vers moi depuis la tête de clim qui avait promptement obéi à ma commande vocale : « Froid. » Le flocon bleu aussitôt apparu, annonçant gaiement qu'il prendrait soin de moi et de mes chairs fondantes. Le chaud battait en retraite sous les ondées de fraîcheur qui le sublimaient.

Je me suis battue contre ma jupe, plâtrée sur les courbes généreuses que j'avais appris à aimer dans les mains de Guy, ce cher amant menuisier dont je m'étais défaite par peur d'être tombée pour le premier venu, mon précieux rebond. Il me manquait, par moments. S'il débarquait à l'improviste, je flancherais.

J'ai ensuite déchiré mes bas de nylon – qui a inventé une merde pareille ? – et enlevé ma chemise. En culotte et brassière devant ma psyché, je regardais l'empreinte des vêtements s'adoucir lentement, très lentement, comme les rides du matin. Quel paradoxe, tout de même : à 19 ans, quand rien ne presse, le corps digère en un temps record toutes les violences qu'on lui fait, les bretelles qui lacèrent comme les micro-nuits de deux-trois heures ; quelques dizaines d'années plus tard, quand le décompte s'amorce, la trace du moindre élastique s'attarde, chicane à la peau son droit de rester imprégné, comme de la visite qui n'en finit plus de partir.

Le cri de Charlotte m'est parvenu depuis la terrasse de chez Claudine, juste au-dessous. Un peu malheureusement, la violence de mes réflexes maternels m'a jetée dehors sans ménagement, si bien que ce n'est qu'en la voyant agenouillée devant l'escalier, paniquée mais en pleine forme, que j'ai pris conscience de mes simples apparats, tout à fait inconvenants.

— Son cou est pogné dans le patin du fer forgé, y s'étouffe !

Le chien, juste l'osti de chien, coincé. Moi, en brassière et culotte demi-fesse, surplombant la ruelle comme une déesse de la fécondité, devant Claudine et ses filles, les curieux qui s'étiraient le cou et les Ostimans qui s'étaient même donné la peine de se lever pour l'événement. Je suis rentrée en quatrième vitesse, ai enfilé le premier mou qui m'est tombé sous la main avant de redescendre au pas de course. Si je me mettais à réfléchir, ne serait-ce que quelques secondes, je n'y retournerais pas, la honte m'en empêcherait. Mais il y avait un chien à sauver.

D'ailleurs, tout le monde n'en avait que pour lui quand je suis redescendue. Dans un moment d'inattention généralisée, il s'était faufilé sous la terrasse pour tenter de revenir par les mailles trop étroites du fer forgé. En voulant échapper à la pince de fer, le chiot avait fait glisser son cou dans la partie la plus étroite du motif et s'était auto-étranglé. Son corps pendouillait déjà un peu mollement.

— QUELQU'UN, VITE, QUELQU'UN!

Adèle pleurait, Laurie se tenait les cheveux et Claudine courait dans tous les sens à la recherche d'un instrument quelconque pour faire quelque chose. Charlotte tentait de ramener le petit corps vers la partie du fer forgé qui présentait une ouverture plus large, mais le cou menaçait de se briser. Elle répétait tout bas des *non non non* pour aider ses petites mains de docteure à repousser la mort. Je ne voyais pas quoi faire, sentais seulement, même si c'était complètement absurde, une forme de culpabilité m'écraser la poitrine: j'avais martelé que je n'en voulais pas, de ce chien, et le sort s'était chargé de l'éliminer. Absurde et prétentieux, comme si j'avais des pouvoirs divins.

C'est d'abord la pince que j'ai vue, longue comme un bâton de hockey, et dont j'apprendrais plus tard qu'elle servait à désincarcérer les accidentés de la route, puis les Ostimans, qui avaient troqué leur bière pour des outils de circonstance. Pendant que le plus petit des trois – Fred, qu'on apprendrait plus tard – se glissait sous l'escalier et agrippait le fer forgé à deux mains, un autre faisait sauter la marche de bois avec un énorme pied-de-biche pour laisser place à la pince, qui s'est empressée de découper les parties étroites du patin et faire éclater le motif. En écartelant à mains nues ce qui résistait encore, ils sont parvenus à libérer le chiot, comme on écosse un petit pois. Durée approximative de l'opération: 22,6 secondes, du moins, c'était la durée de la vidéo captée par Adèle. Charlotte a aussitôt entamé des manœuvres de réanimation jusqu'à ce que la vie consente à revenir, pour le plus grand soulagement de tous. Les badauds que la scène avait réunis voulaient tous flatter le chien, le féliciter de n'être pas mort, « Bon chien, t'es un bon chien, toi », tant pour faire partie de l'histoire que pour pouvoir affirmer à leurs *followers*, photo à l'appui, qu'ils s'étaient faits *buddy* avec le ressuscité.

Les Ostimans ont refusé le verre de vin offert par Claudine, ils venaient juste de s'ouvrir des petites frettes qui faisaient le pied de grue à côté de leurs banquettes de chars. Au passant qui leur a dit « Wow ! *Gees!* Vous êtes des *fucking* héros ! », ils ont répondu modestement qu'ils avaient *juste les bons outils*. La vidéo a enflammé le web pendant quelques minutes avant d'être écrasée par la déferlante de toutes les insignifiances qu'il a continué de générer, comme toujours. Celui des trois qui portait la moustache m'a lancé un discret « Beau 'tume de bain » en passant à côté de moi. Moquerie ou compliment, dur à dire. Le coup de coude que Claudine m'a décoché dans les côtes n'a rien éclairci.

Adèle a passé le reste de la soirée à nous raconter, par le menu détail, les émotions ressenties à chaque moment du non-drame.

— Pis là, quand j'suis descendue pis que j'ai vu que y était *tchoqué* ben raide, *oh my god*, c'était tellement *wack*, *man*, j'ai pensé qu'y allait *pass out live*…

— C'est beau Adèle, on était là, pis on comprend rien de ce que tu dis.

Le soir humide s'essuyait le trop-plein d'humidité sur nos carcasses fatiguées, les filles jasaient d'amour et de désamour, de leur génération sacrifiée autour d'une grosse pizza de chez Pierrot. Quand elles nous intégraient à leur conversation, c'était pour nous faire avouer que nous avions beaucoup moins souffert – nous, les adultes ni trop jeunes ni trop vieilles, célibataires endurcies, travailleuses payées pour travailler, mères sans véritables responsabilités –, vu leur âge, à elles.

— Non, mais c'est vrai, ç'a pas changé grand-chose, dans vos vies.

— Tout à fait d'accord, mon bébé. Nos vies plates sont juste restées plates.

Le petit blanc de Claudine nous rendait accommodantes et lui faisait avaler sans rouspéter les longs mois d'enfermement vécus avec ses filles pendant lesquels elle avait tenu les rôles de pourvoyeuse, psy, prof et *punching bag*; il fallait bien en vouloir à quelqu'un. En temps normal, elle nous aurait servi son analogie entre le célibat et le tartre, mais pas ce soir-là. La résurrection du chien nous apaisait, nous donnait envie de tendre l'autre joue. Elles nous auraient crues si on leur avait dit que les dernières années nous avaient permis de nous épanouir comme mères et comme femmes. Pendant tout ce temps, je n'arrivais pas à lâcher des yeux le chiot qui passait de main en main, plongé dans un sommeil de plomb, indifférent à tout. Beaucoup, beaucoup trop mignon. J'ai fait pivoter ma chaise de 180 degrés pour ne plus voir que le mur nord du voisin sur lequel quelques tiges souffreteuses de clématites tentaient de s'accrocher.

— Le barbu, y est pas pire, de proche, a tenté Claudine en se regardant la crasse sous les ongles. Y a quel âge, tu penses? Je dirais entre 52 pis 72, fripé de même, ça peut être de l'usure ou ben du soleil.

— C'était peut-être des marins, ou des briqueteurs…

— Des déménageurs, maman.

Charlotte nous souriait à pleines dents, qu'elle avait belles et droites, patinées d'un beige tout naturel qu'elle promettait de ne jamais javelliser, même si on connaît la rengaine sur les fous et le changement d'idées. Même absorbées par leur potinage, les filles ne rataient rien de notre conversation, grâce à leur capacité de fractionner leur écoute sur plusieurs objets à la fois, talent souvent rebaptisé déficit d'attention.

— Tu leur as parlé, toi ?

— Oui, en arrivant, tantôt, 'sont super fins.

Quelque chose retroussait dans son ton, une petite pointe qui testait mon côté snobinard. Ou je paranoïais. Elles sont retournées à leur conversation.

— Y a un 5 à 7 des cadres, la semaine prochaine, a chuchoté Claudine.

— J'suis cadre, moi ?

— Tout comme. Pis de toute façon, je t'invite. Je te paie même le premier cocktail.

Tout le monde est passé saluer les héros de la soirée en passant par la ruelle. Charlotte est repartie avec Fiouze sous le bras, comme promis. J'aurais aimé qu'ils restent, tous les deux. Même lui, avec son léchage de mains compulsif et ses couinements. Je m'attache beaucoup trop facilement. Suffit de m'inquiéter un peu et je suis ferrée.

— Je rejoins Doum chez un ami qui veut trop rencontrer Fiouze. On va dormir là vu qu'on va prendre un verre.

— OK, on en reparlera, pour la maison.

— Parler de quoi ?

— Ben, je sais pas…

— C'était pas une demande, maman, juste une annonce. On se cherche une maison, c'est tout.

— Dans quel coin ?

— En ville, autour. On va peut-être devoir la louer en attendant que je finisse l'université. On sait pas trop.

— Vous en avez déjà visité ?

— Non, on vient juste de décider ça.

— Mais pour les sous, vous allez faire comment ?

— On a déjà une mise de fonds pas pire, vraiment pas pire, même.

— Ah oui ?

— En fait, comme la sœur de Doum avait demandé une partie de son héritage l'année passée pour partir son entreprise, y a demandé sa part pour l'investir dans une maison. Ses parents trouvaient que c'était une bonne idée.

— Ben oui, pourquoi pas, dans le fond.

— On va notarier ça pour que ce montant-là reste à lui si on revend un jour, évidemment.

— Veux-tu que j'appelle Stéphane, mon courtier ?

— Non, non, non, on est capables de se débrouiller tout seuls. Les courtiers, nous autres, pfff…

— OK, comme vous voulez. Mais pensez-vous vous marier ?

— Nous marier ?

— Je sais, mais pour les gros projets comme ça, c'est plus prudent quand c'est… encadré, non ?

— Non, aucun rapport, y a des contrats pour ça, maman. Pis t'es contre le mariage, toi !

— Oui, mais je fais pas les lois, malheureusement.

Steve s'est glissé dehors comme une couleuvre quand je suis entrée dans l'appartement : 17 degrés Celsius, espèce de clim de malade. J'avais dit « froid », pas « février ». J'ai pesé à répétition sur la touche « + », ai enfilé une robe de chambre pour patienter, jeté un œil rapide à mes dossiers du lendemain.

Les histoires de maison de Charlotte m'avaient donné à réfléchir. J'ai appelé Jacques.

3

Où je découvre la multifonctionnalité de l'index de Ji-Pi.

— Tu me réponds bête chaque fois, chaque fois.

— J'suis concentrée, c'est comme ça.

— Peux-tu le dire à ta face, d'abord ?

— C'est la même face, bête ou concentrée, j'suis de même, désolée. T'as juste à passer ton chemin pis à m'ignorer quand tu me vois, comme je le fais avec toi.

— QUIN ! QUIN ! À le dit elle-même qu'est bête ! Qu'à se crisse de moi !

Élodie – smoothies, Concours de cheveux gelés au Canada, régime cétogène, Timothée Chalamet – ne tenait pas à faire la paix avec Camille – Timothée Chalamet, Punta Cana, *L'île de l'amour*, rastas –, qui soutenait maintenant à grands cris outrés que l'atmosphère était pourrie à cause d'Élodie et qu'elle finirait par lui mettre son poing su'a gueule si elle ne changeait pas d'air. Quand elles ne parlaient pas, elles avaient des têtes d'agneaux. Le reste de l'équipe se faisait tout petit, respirait à peine. La rencontre de groupe avait viré au vinaigre avant même que j'aie eu le temps de faire un tour de table.

— C'est des menaces, ça, carrément. J'espère que quelqu'un prend des notes.

— Commençons par rétablir les tours de parole, ai-je fait avec ma voix de matante.

— Pourquoi, y a-tu quelqu'un qui a pas encore compris que c'est elle, la *bitch*?

— *STOP!* Ça suffit!

J'ai sorti mes deux index pour m'empêcher de frapper la table des poings. Péter les plombs en commandant une séance de conciliation me discréditerait totalement. J'ai serré les dents très subtilement, pris une grande inspiration. Je les aurais volontiers envoyées toutes les deux dans le coin réflexion avec pas de récré.

— Tenons-nous-en aux faits, juste aux faits.

— Ça réglera pas le problème.

— Ce que t'appelles un problème, Camille, c'est une situation.

— Hiiiii, wow...

— Situation où vous voyez les choses complètement différemment l'une de l'autre. On va donc essayer de démêler les faits des impressions.

— Ah, OK, c'est pas du caca, c'est de la merde, *right*?

— Au prochain sarcasme, Camille, je te suspends sans salaire jusqu'à nouvel ordre, avec effet immédiat.

— C'est pas du sarcasme, c'est de l'humour, madame, c'est juste une question d'impression...

Dans ma tête, j'ai pris ma masse adorée, celle qui garde le fort dans mon garde-manger, toujours à portée de main pour les petites urgences, et j'ai démoli mentalement tous les panneaux vitrés de la salle de conférence en criant comme une demeurée. J'attrapais la masse à deux mains au-dessus de ma tête et transférais tout mon poids dans la descente. Je la faisais même tournoyer en l'air pour augmenter ma puissance de frappe au *swing* final. Mes mouvements étaient fluides, dévastateurs, tonitruants. Pas de coupure ni rien, zéro transpiration, juste de la bouillie de vitre partout, un tapis de faux diamants, et moi au milieu, triomphante.

Je devais avoir des airs de sociopathe, tout le monde s'est tu. Tant mieux. J'ai enchaîné pour ne rien perdre de ma superbe.

— Je vais te demander, Camille, de formuler ce qui te dérange dans la situation, en utilisant le je, pour parler de tes émotions à toi, sans accuser personne. Tu peux commencer ta phrase par « Ça me blesse quand... », par exemple.

Elle a fermé les yeux, serré les mâchoires, soupiré bruyamment, murmuré très bas pour elle-même, « *Oh my god*, on est en *fucking* deuxième année », que j'ai feint de ne pas entendre. Derrière mon calme de façade, je commençais sérieusement à angoisser : non seulement je n'avais pas le pouvoir de la suspendre, mais on m'avait donné le mandat de les sauver, tous : nos chasseurs de têtes n'avaient pas réussi à dénicher une seule candidature de chargé de projets disponible. Les guéguerres d'Élodie et de Camille fragilisaient les bases de ce groupe clé, grugeaient du précieux temps de travail.

— Pfff... Ça me blesse quand Élodie me traite comme de la marde...

— C'est une impression que t'as, Camille, formule-la comme ça.

— Pfff… Ça me blesse quand j'ai l'impression qu'Élodie me traite comme de la marde, a-t-elle fait sur un ton de comptine. Ça dit la même maudite affaire…

— Parfait. Élodie. Est-ce que Camille a raison de penser que tu la regardes bêtement ou que tu la traites comme elle dit que tu le fais ?

Les entourloupettes qu'on peut faire pour éviter le mot « marde »…

— Oui, elle a raison, c'est voulu… depuis qu'elle s'est tapé mon *chum*.

— Hon !

J'ai levé la main pour tenter d'étouffer la clameur de stupéfaction qui s'est aussitôt levée. Même en plein *soap opera*, surtout en plein *soap opera*, et parce que je ne savais absolument pas quoi faire d'une bombe pareille, j'ai opté pour le calme absolu, comme pour faire croire que tout se passait comme prévu et que je gérais la situation.

— C'était pus son *chum*, c'est ça, les faits, mais à décroche pas. Y étaient pus ensemble – y t'avait crissée là, lâche le morceau, Élo !

— T'as couché avec le lendemain !

— Les filles, s'il vous plaît…

— Ben oui, pis ? C'est écrit où qu'y faut attendre trois semaines quand tu *flushes* quelqu'un ? C'est pas une bavette marinée, ton ex. De toute façon, reprends-le, pauvre conne. Y est excitant comme une tasse d'eau tiède.

Claudine se tenait la tête à deux mains, plus catastrophée que prévu. J'avais viré Camille sur un coup de tête.

— Prétentieuse, vulgaire, j'ai juste pas pu, c'est de la gangrène, une fille de même.

— Ouin, mais de la gangrène qui roule du dossier.

— Je l'ai même pas frappée.

— C'est très apprécié, merci. As-tu su c'était qui, le gars ?

— J'ai entendu Lucas quèque chose, un gars de l'admin.

— Oh oh ! Dwayne Johnson avec des cheveux.

— Dwayne qui ?

— Johnson. Tu sais pas c'est qui ?

— Non.

— Redis pas ça à personne, tu vas avoir l'air vraiment bizarre.

— Bon, je rentre, j'en ai plein mon casque pour aujourd'hui.

— Un petit tartare au Shack, à soir, avec un verre de rose ?

Je rêvais seulement d'être à la maison, à la clim, affalée dans l'un de mes divans, dedans ou dehors, à regarder le plafond ou le ciel. Vingt ans auparavant, je me serais empressée de rentrer pour gérer le retour du camp de jour, les bobos, les chicanes, la vaisselle, le lavage, le souper, le baseball, le soccer, les bains, les cheveux pleins de nœuds, les lunchs du lendemain, la deuxième brassée, le ménage, les histoires, les terreurs nocturnes, alouette. Là, je marcherais doucement vers mon auto, m'attarderais devant les jolis parterres de fleurs, prendrais une longue douche tiède sans même fermer la porte de la salle de bain, enfilerais du mou, seins libérés, et ne ferais rien de productif du reste de la soirée, sinon nourrir mon corps d'une coquille Saint-Jacques surgelée accompagnée d'un restant de salade grecque ramollie. Trop salée.

— Je file plus tranquille à 'maison.

— Parfait, on mange chez vous, mon budget te remercie, d'ailleurs. Je vais dire aux filles qu'on se fait un petit souper, juste nous deux, pour pas les voir débarquer. J'ai tellement besoin d'un *break*...

C'est une fois dans la file de l'épicerie, démesurément longue pour un mardi ordinaire d'été, que j'ai repensé à l'affiche placardée à l'entrée qui présentait les postes à combler : commis, caissières, livreurs, préposés à la boulangerie-pâtisserie, assistant-gérant. J'oublie les autres. La jeune caissière courait entre le comptoir de service et sa caisse, emballait comme elle le pouvait, levait des yeux agacés sur le téléphone qui sonnait dans le vide. Une femme qui voulait emprunter un aspirateur à tapis est repartie en colère puisque personne ne savait où se trouvaient les formulaires de location. Personne n'aurait eu le temps de les remplir, de toute façon. Le stress de la petite qui se démenait depuis un bon vingt minutes quand je suis arrivée à la hauteur du tapis roulant avait fini par totalement me gagner. Certains clients se montraient compréhensifs, d'autres pas du tout, comme celui qui me précédait et qui s'obstinait à en saigner du nez sur le prix du bouillon de poulet de la marque maison. La caissière avait beau lui répéter que c'était le bouillon *30 % moins de sel* qui était en réduction, celui avec le bandeau bleu, il n'en démordait pas, le régulier aussi était en réduction, il l'avait vu de ses yeux vu, la preuve : la douzaine de cartons alignés sur le tapis que seul un imbécile achèterait à prix régulier. S'il en achetait, c'est qu'il était en réduction, ceci prouvait cela. J'ai souhaité qu'il ne soit pas prof de philo. Il a levé les yeux au plafond quand elle a voulu lui montrer la circulaire, le problème était le prix sur la tablette, elle ne comprenait rien.

— Je peux rien faire monsieur, la machine lit les codes.

— Rentre-le à la main, le prix, un peu de débrouillardise, quand même !

— Je peux pas faire ça, c'est pas ça, le prix.

— Je veux voir le gérant.

— Y est pas là.

— Je veux voir quelqu'un.

— Y a juste moi.

— J'ai vu un gars, là-bas.

— C'est un commis de 14 ans qui remplit les tablettes.

Quelqu'un a dit « Karen, dégage ! » qui a un peu détendu l'atmosphère.

— Je bouge pas d'ici tant qu'on me donne pas le prix indiqué.

J'envisageais sérieusement d'intervenir quand la caissière, le plus calmement du monde, a pris tout le monde de court.

— PASSEZ À LA CAISSE NUMÉRO TROIS ! GARDEZ LE MÊME ORDRE S'IL VOUS PLAÎT !

Sans un regard pour le bonhomme prêt à faire chier tout le monde pour dix fois 39 cennes, avec un déhanchement aussi fluide qu'était gracile sa silhouette, elle est passée de sa caisse à la suivante, après avoir fait glisser le panneau latéral qui en barrait l'accès. Les gens ont roulé leur panier de quelques pieds vers la gauche sans se presser, reformant comme prescrit la file initiale. Après avoir pianoté un long code et inséré une petite clé dans le tiroir, elle m'a saluée, comme si tout allait bien et qu'elle passait une formidable journée au travail. « Bonjour ! Vous allez prendre un sac, madame ? » Le naufragé de la caisse deux vociférait des menaces qui visaient un peu tout le monde, la caissière, les proprios de l'épicerie comme le capitalisme sauvage des grandes chaînes. Il était dans son bon droit, il connaissait la Loi sur la protection du consommateur, ça ne se passerait pas comme ça, des gens auraient à répondre de cette infamie. Les têtes de mule ont parfois du vocabulaire. Quand il s'est rendu compte qu'un jeune homme le filmait, il a sorti l'artillerie lourde – avocats mise en demeure poursuite –, attrapé le premier objet du bord avec l'intention de le lancer – un fenouil contondant –, avant de se raviser, de tout laisser en plan et de partir, sous les rires et les huées de la foule. La caissière s'est seulement permis un sourire en coin pour célébrer.

— Vous allez prendre les timbres ou le rabais sur l'essence, madame ?

— Les timbres, merci. T'es bonne, en passant, bravo.

— C'était bien pire au resto de *sub*.

Je pouvais imaginer, oui, la pression qu'un enragé du bacon pouvait mettre sur un artisan du sandwich tenu de respecter le très strict deux tranches par six pouces. Les hommes n'ont pas besoin de plaies d'Égypte, ils savent très bien s'empoisonner la vie les uns les autres ; s'agit seulement de leur faire miroiter l'idée de sauver quelques piasses. J'aurais bien aimé avoir une carte professionnelle, juste pour lui en donner une.

J'ai jeté un œil par-dessus mon épaule en me dirigeant vers la sortie, vers les plats congelés que personne ne viendrait sauver, la crème glacée napolitaine qui finirait dans un magma liquide brun pâle, comme chaque fois que le brun s'en mêle. Dans mon angle mort, j'ai aperçu Ji-Pi au bout de la file, complètement absorbé par son cellulaire. Le Ji-Pi du bureau, mon Ji-Pi, mon petit tremplin. La chemise déboutonnée, les manches roulées, sans cravate, d'une beauté presque violente. Avec l'index que le paquet de steak haché n'accaparait pas, il se grattait la tempe, qu'il avait blanche comme les mannequins matures toujours crampés dans les publicités d'assurances. On ne les croise jamais nulle part, ces hommes extraterrestres, Ji-Pi faisant figure d'exception exceptionnelle. Les dieux mangent des hamburgers, j'ai pensé.

Comme le chevreuil, je n'ai pas bougé assez vite ; il m'a repérée en levant la tête. Son sourire s'est illuminé, il a levé le même doigt pas occupé, en guise de mini-salut. Dans un élan tout à fait contraire à ma nature, j'ai remonté la file pour le saluer. Ça aurait eu l'air bête de ne pas échanger quelques mots, on ne s'était pas vus depuis des mois. Fuir n'est jamais élégant. J'y suis allée d'un grand classique.

— Hé ! Allô, Ji-Pi ! Qu'est-ce que tu fais dans le coin ?

— J'étais pas sûr sûr, de loin. Je me disais que ça te ressemblait, aussi.

Ça. Difficile de trouver vocable qui ratisse plus large, des clowns maléfiques aux objets quelconques. Lesquels de mes traits et de mes formes se détachent du reste pour esquisser mon ça ? Ai-je l'air d'une vieille quinqua, d'une bourgeoise un peu snob ou d'une petite madame sympathique ? D'une mère, d'une grand-mère, d'une vieille fille ? J'ai jeté un œil inquiet à mes formes floutées dans le *stainless* du comptoir à mets cuisinés que nous longions, sans rien trouver pour me rassurer.

— Je viens d'emménager sur la 11e, pas loin.

— Ah oui ? C'est vrai, tu t'es…

— Oui, au printemps.

— Comme tout le monde, quand le dégel libère la sève…

Pas drôle, Diane, non.

— T'as acheté ou tu loues ?

— C'est le condo de ma sœur. Je vis avec elle, en attendant. C'est grand. Je veux voir comment ça se passe avec les enfants pis l'école avant de choisir où m'installer.

— Oui, bonne idée. Pis comment y prennent ça, les enfants ?

— Bah, pas toujours facile. Tu connais la chanson.

Les miens étaient tous déjà partis de la maison quand Jacques m'a quittée, même si Charlotte avait encore le pied dans la porte. J'ai toujours pensé que ça faisait partie du calcul, d'ailleurs, même s'il n'a jamais voulu le reconnaître. Ça ne changeait rien, disait ma psy, ce avec quoi je n'étais pas d'accord : là où elle voyait une façon d'épargner les enfants, surtout Charlotte, je ne sentais qu'une pitié nauséabonde qui me salissait davantage.

— Paraît que t'es de retour au bureau, toi ? On s'est même pas croisés encore !

— Oui, dans un nouveau département.

— Ouin, j'ai pas trop compris…

— Ressources humaines, pour faire simple.

— Avec Claudine, donc ?

— Ben oui, c'est sûr, on vit ensemble, on travaille ensemble.

— C'est vrai, vous aviez acheté un plex, me semble ?

— Oui, pas loin d'ici. On l'a rénové au complet, j'ai pris le haut, elle le bas. Le souper est chez nous, aujourd'hui… si tu veux venir ?

— Oh, non, non, je voudrais pas…

— Bonne franquette.

J'ai levé mon bras pour lui montrer que l'entièreté du repas tenait dans un demi-sac léger. Pas de grand raffinement ici.

— Salade grecque toute faite avec des ailes de poulet déjà cuites. On va les rôtir un peu sur le barbèque. Un de nos grands classiques de semaine. Y fait trop chaud pour cuisiner.

Il a tout de même décliné l'offre, m'a remerciée au moins cinq fois. On l'attendait peut-être, je n'ai pas osé demander, j'aurais eu l'air d'une fouine. Ça lui allait bien, la gêne, comme tout le reste. On remettrait ça, pas de trouble, on s'est salués comme des vieux potes qui se croisent tout le temps. Quand je lui ai tourné le dos, j'ai hurlé intérieurement. Comme une ado, j'ai texté Claudine : « Croisé Ji-Pi à l'épicerie, l'ai invité à souper avec nous. » Elle n'a pas tardé à répliquer en majuscules, tout aussi à contre-courant des codes que moi avec mes virgules : « CE SOIR ? ICI ? WTF ? » J'ai attendu quelques secondes pour savourer ce que je considérais comme une grande victoire sur mon habituelle retenue, avant de lui avouer qu'il n'avait pas accepté l'invitation, pas cette fois-ci, que les occasions ne manqueraient pas puisqu'il venait de s'installer dans le quartier pour quelque temps. « T'ES SÉRIEUSE ? » Si je l'avais laissée s'emballer, elle aurait mis une demi-douzaine de blancs au congélateur pour qu'ils soient bien frais et des chandelles partout.

Une fois dans mon auto, même s'il ne me restait que trois coins de rue à faire, j'ai mis à fond la clim, une toune de Clara Luciani et me suis écrasé la luette au fond de la gorge pour décoller dans les graves avec elle: « Je ne suis qu'une imbécile, allongée sur le dos, j'me refais le fil, le début était beau... » J'ai pensé à madame Sophie, de l'école, qui me l'avait fait découvrir, me suis demandé où elle en était dans ses histoires d'amour compliquées. Depuis la fin des classes, mes textos étaient restés sans réponse.

Sans que je l'aie vue venir, la grosse face de Ji-Pi est apparue dans ma vitre d'auto, comme un écran qu'on allume. Il toctoquait doucement avec la jointure de son doigt, encore le même. J'ai cherché partout le bouton de la vitre que je savais pourtant à ma gauche, sur le bras de la porte.

— Hé!

— Hé! J'ACCEPTE SI JE PEUX FOURNIR LA BIÈRE PIS LES BURGERS, a-t-il fait en brandissant son paquet de steak haché dont certains frisottis brunissaient déjà.

— J'ADORE LA BIÈRE!

Faux, complètement faux, mais c'est très gentil de faire plaisir à la visite. Il a pointé son oreille, on s'entendait à peine. J'ai baissé le son juste avant que Clara ne chante « Je ne peux pas oublier ton cul... ».

— Je te donne l'adresse?

— C'est loin?

— Trois coins de rue.

— Tu permets que j'embarque ?

— Ben oui, ben oui…

Sur le banc passager, avec son *six-packs* et son steak, Ji-Pi le Magnifique souriait, la main droite fermée sur la poignée du plafond. Pourquoi pas une petite bouffe avec du monde, qu'il s'était dit, ça ferait du bien. J'ai regardé les mouchoirs en mottons dans les porte-gobelets, brunis par le fond de teint qu'ils m'avaient servi à éponger le matin même, moi habituellement si intolérante à toute forme de traînerie. J'ai fait un arrêt au premier coin de rue alors qu'aucun panneau ne le commandait, ce qui m'a valu un coup de klaxon agressif de la camionnette qui nous suivait. Et un doigt d'honneur du *douchebag* qui la conduisait quand il nous a dépassés. Quand Ji-Pi s'est mis à rire, je n'ai pas su ce qui, de la ridicule violence du chauffeur ou de ma maladresse, l'amusait autant.

Dans la ruelle, comme toujours, au poste, les Ostimans. Y avoir pensé avant, je me serais stationnée dans la rue.

— Quin, si c'est pas la belle Cécile !

— Histoire compliquée, me suis-je contentée de dire tout bas à Ji-Pi, qui n'en finissait plus de sourire : la soirée finirait là qu'il se serait tout de même amusé.

— Pis, le pitou ?

— Y va super bien, le pitou. Encore merci, les gars.

J'avais donc trois bonnes raisons de gravir l'escalier à la course : éviter les commentaires des Ostimans, limiter le temps où mes fesses seraient exposées en gros plan à la face de Ji-Pi et prévenir Claudine, qui devait forcément m'entendre monter, que j'arrivais accompagnée. Mais je n'avais pas encore mis le pied sur la dernière marche qu'elle s'était lancée: « J'en reviens pas, christi, depuis le temps! Tu vas peut-être finir par le *frencher*... » J'ai ouvert les yeux et la bouche au maximum, en faisant jouer toutes mes rides en même temps, mais elle était concentrée sur le seau et les verres qu'elle disposait sur la table basse. C'est l'apparition du beau Ji-Pi, derrière moi, qui lui a coupé le sifflet. Trop tard ou juste à temps, dur à dire avec Claudine. Je n'osais même pas imaginer ce qu'elle aurait pu ajouter avec ne serait-ce que trois secondes de plus.

— Ah ben, 'garde donc ça...

— Salut, Claudine!

Elle portait sa robe de jour, l'échancrée évasée un peu trop courte. De l'ourlet à moitié décousu pendouillaient des fils qu'il aurait fallu arracher ou recoudre. Une partie du col frisait comme des lasagnes. La couleur était passée depuis un moment, mais elle l'aimait d'amour, sa robe des grosses chaleurs qui respirait de partout et séchait toute seule. Dans ses pieds, ses babouches moutarde baseball, comme des centres de marguerites.

— T'as changé d'idée?

Il m'a jeté un œil surpris, l'air de se demander à quel moment j'avais bien pu la mettre au courant. Rien pour lui faire oublier l'allusion à mon désir de « le *frencher* » lancé avec tant de sincérité. Dans les plis de ses yeux doux, je l'ai vu en train de m'imaginer sortir de l'épicerie et me jeter sur mon téléphone, comme une ado. J'aurais aimé inventer quelque chose de plausible, *j'ai appelé Claudine avant de rentrer pour m'assurer qu'y manquait rien d'autre pis c'est là que j'y ai dit que je t'avais rencontré*, mais la quasi-certitude que je finirais par me prendre les pieds dans mon mensonge ou de sonner faux m'en a empêchée.

— Oui, à condition qu'on me laisse fournir la bière pis les burgers.

— Bonne idée les burgers ! Mais on boit pas de bière, ça nous donne des ballonnements. Je sais pas si c'est l'acidité ou quoi… Mais je viens de mettre un beau blanc au froid.

Sur cette belle image, je suis entrée me changer. C'était risqué de lui abandonner Ji-Pi, surtout dans l'état d'excitation où elle se trouvait, mais je ne pouvais pas rester en tailleur sans risquer de suer à grande eau. Je me suis changé douze fois avant d'opter pour la toute première robe que j'avais enfilée, la bleue avec des petites fleurs blanches. J'ai défait mes cheveux, remis du gloss, pris une grande respiration. Ji-Pi était sur ma terrasse, un verre de vin à la main, en train de taper de rire sa cuisse sous son pantalon de lin. À l'ombre du parasol, il avait retiré ses souliers et ses bas. À quelques animaux de plastique près, ma maison était impeccable, comme toujours, pour le tour du proprio qui viendrait peut-être plus tard. Ce serait une belle soirée.

La conversation avait roulé sur des vieilles histoires de bureau et des potins à toutes les sauces. Nous évitions adroitement les plus tristes, tout ce qui touchait les séparations, notamment, étirions les menus détails des plus drôles, que le vin bonifiait encore. Après son licenciement, Josy-Josée s'était refait faire le nez et les pommettes – pas de chaude recommandation en vue pour son chirurgien – et s'était trouvé un poste de gestionnaire dans une clinique dentaire où elle se faisait appeler Jess. Elle avait cette fois troqué quelques voyelles pour un redoublement du *s*, rien d'impardonnable, elle conservait toujours un tronc de vérité agrémenté de quelques artifices. À force de blancheur, ses dents avaient pris une teinte bleutée qu'une bonne couche de fard à paupières relançait. Même si elle m'avait jadis faussement accusée d'être la maîtresse de Ji-Pi, je ne lui en voulais plus. De partout montaient les voix et les bruits coutumiers de la vaisselle qu'on manipule, comme si la ruelle n'était plus qu'une même salle à dîner à aire ouverte, pleine de convives. Et comme si c'était possible, le soir qui tombait sur Ji-Pi lui ajoutait une couche de beauté qui semblait sourdre de l'intérieur, comme une sueur magique. Il était drôle, spirituel par moments, très classe. Je n'ai rien pu faire contre la pensée qui s'est alors imposée : comme Jacques.

La troisième bouteille commençait tout juste à respirer quand Laurie est arrivée ; en beau fusil, les poings sur les hanches, elle s'est arrêtée à deux mètres de Claudine.

— Adèle est partie avec mes AirPods à matin.

— Allô cocotte ! T'es ben belle !

Ça en prendrait un peu plus pour casser le vin joyeux de Claudine.

— Fait que là, j'ai pris sa camisole, pour la faire chier exprès…

Adèle s'amenait dans l'escalier, le pas lourd. Le cirque habituel se mettait en branle. Elle n'aurait pas cru dire ça un jour, mais Claudine s'ennuyait franchement de l'époque où elles se tiraient les cheveux.

— Enlève ça tu' suite!

— T'as pris mes AirPods!

— Tu t'en sers pas!

— T'as pas d'affaire à les prendre pareil, sont pas à toi!

— DONNE MA CAMISOLE!

— De toute façon, j'en ai plein le cul, d'être ici, a fait Laurie en enlevant la camisole en question pour mieux la jeter par terre, ne faisant aucun cas de se retrouver en brassière devant un inconnu, qu'elle ne semblait par ailleurs pas avoir vu. *That's it!* Je pars, je vous fous la paix, la crisse de paix!

— Où ça, ma belle cocotte? a demandé Claudine. À Mourial, chez tes amis?

— Chez Rosanne.

— Ma mère? Tu t'en vas chez Rosanne, *ma mère*?

— Oui, j'ai besoin d'air. La campagne, c'est loin, c'est tranquille, pis vous serez pas là.

— Je gage que tu viens d'écouter le nouveau *Maria Chapdelaine*...

Laurie est repartie sans répondre, en furie et en brassière, pendant que Claudine grimaçait pour s'empêcher de rire. Adèle en a profité pour lancer une petite couleuvre qu'elle espérait plus digeste, dans les circonstances.

— Ah, *by the way*, j'ai coulé mon cours théorique de conduite.

— *By the way*, de quelle *way* on parle, là? On passe de la camisole au cours de conduite?

— C'est une expression, *mom*.

— Qui a pas rapport, aucun rapport. Pis comment ça, t'as coulé, ça devait être super bébé fafa?

— C'est pas de ma faute, y ont juste posé des questions de marde! Dans les pratiques, c'était toujours des affaires connes, du genre: «Quand vous arrivez au coin de la rue pis qu'un piéton attend pour traverser, un, vous le laissez passer, deux, vous l'envoyez chier, trois, vous roulez dessus.» Là, c'était juste des questions sur les zones de danger, les distances de freinage pis des conneries de même.

— T'écoutais peut-être pas quand y en ont parlé.

— Non, tu comprends pas! Tu comprends rien! C'est toujours de même avec toi…

Elle était sur le point de péter une crise quand, apercevant enfin l'inconnu assis dans son angle mort, elle s'est arrêtée net, éblouie ou surprise, dur à dire. Elle a plissé les yeux, reculé d'un pas en murmurant *Oh shit!*, avant de se pousser dans l'escalier et de disparaître à son tour.

— Qu'est-ce qui y pogne, elle?

Il était passé onze heures quand Ji-Pi s'est levé pour rentrer. Nous étions mous d'avoir tant ri. Claudine s'y est reprise par trois fois pour se mettre sur ses pieds. Un verre de plus et je la roulais jusque dans la chambre d'amis. J'étais depuis le dessert passée à l'eau gazeuse pour m'épargner un lendemain de veille que la toute nouvelle directrice que j'étais ne pouvait se permettre. Ce qui avait par ailleurs laissé plus de vin disponible pour Claudine. N'empêche, j'aurais bien pris encore quelques heures de cette soirée.

En me saluant, Ji-Pi a retenu ma main avec son doigt – toujours le même –, juste un peu, juste assez pour que ma respiration s'emballe. À moins que j'aie tout fabulé, à cause du vin ou de l'enivrante chaleur du soir, ou des deux. Peu importe, c'était bon d'être chavirée. Même si peu.

Je me suis endormie en regardant ma main pêche posée sur ma robe bleue.

Le surlendemain, contre toute attente, la grande Laurie quittait la maison pour un temps indéterminé – elle avait seulement dit « le plus longtemps possible » – avec le nécessaire de survie à la campagne, notamment une collection de savons à la citronnelle pour lutter contre la mousticaille. Mais la scène d'adieux imaginée par Claudine ne s'est pas exactement passée comme prévu, Laurie ayant été obligée de fuir avant les accolades pour échapper à la colère de sa sœur, qui venait de se rendre compte que l'aînée partait avec le fer plat.

4

Où je karenne avec classe.

Au beau milieu de la nuit, ma fougère s'est écrasée au sol, propulsant aux quatre coins du salon des éclats de céramique, de terre sèche et de feuilles. Je n'ai jamais su qui, de ma plante ou de mon chat, en avait eu assez ; celle-là voulait être arrosée, l'autre tenait mordicus à sortir chasser, même avec ses trois pattes. Je m'étais endormie en les ignorant superbement tous les deux. Voilà que j'étais punie. Steve s'échinait à pousser la terre dans les craques du plancher de bois franc quand j'ai allumé le plafonnier. Il avait la gueule pleine de feuilles.

Une fois l'amputation de la plante et le ménage terminés – j'avais tout fait au balai pour ne pas passer pour une déséquilibrée qui sort l'aspirateur en pleine nuit –, je ne m'endormais plus du tout. Parti, l'agréable engourdissement qui m'avait fait lâcher prise. L'empreinte du doigt de Ji-Pi sur ma main s'était presque effacée, elle aussi, j'y croyais à peine. Ma montre affichait 2:12, ce qui ne voulait rien dire non plus. Personne ne dormait dans aucune des pièces de ma maison. Plus de mari, plus d'enfants, plus rien. Si je n'avais pas pu me raccrocher à l'idée de Claudine et de ses filles juste en dessous, j'aurais été prise d'un grand vertige. Dans tous les scénarios que je m'étais faits de ce que serait un jour ma vie, il n'y en avait aucun où je vivais seule dans un condo avec un chat, pathétiquement émoustillée par une pression de doigt imaginaire. J'ai alors fait comme souvent, quand le vide m'étouffe : j'ai repassé toutes les photos archivées dans mon téléphone, les agrandissant pour en scruter les moindres détails – dieu que Charlotte me ressemble en vieillissant. J'en ai profité pour effacer quelques photos où son Dominique était en trop gros plan. *Photobomber* nos soupers de famille avec sa grosse face de dadais était l'une de ses spécialités. Antoine avait pris du poids, ça me semblait plus évident sur photo qu'en personne, étonnamment. On ne s'était pas reparlé depuis qu'il m'avait envoyé un texto pour me féliciter pour ma nouvelle *job*. Je voulais justement lui poser quelques questions informatiques, à mon *geek* préféré. J'ai pensé que ce serait une bonne idée de le faire tout de suite.

Allô mon bébé ! Je me
demandais comment
t'allais. Ça fait un bout de
temps que j'ai pas eu de
tes nouvelles (c'est pas
un reproche). Viens donc
souper avec Malika, cette
semaine, je pourrais
faire ton osso buco,
le porc est en spécial.
Charlotte sera peut-être

en ville. Alex est encore
en Angleterre. Je t'aime,
maman. XXX

L'effet apaisant que je ressentais toujours en envoyant un message à mes enfants m'a tout de suite ramenée à de meilleures dispositions. Je suis retournée au lit, calmée, ai attrapé le roman qui traînait sur ma table de chevet – l'histoire d'un homme qui repense aux femmes de sa vie en se construisant un cabanon –, bien décidée à finir de m'assommer, quand le grelot cristallin de la messagerie de mon téléphone a retenti.

KK samedi.

Je n'avais pas pensé à la possibilité que mon message lui parvienne tout de suite. Mon téléphone passe généralement la nuit au fond de ma sacoche, dans l'entrée, dans une craque du divan, oublié ou perdu, alors que les jeunes le placent sous l'oreiller – confidence d'Adèle –, pour ne rien manquer. J'aurais dû y penser.

Je t'ai réveillé, mon
amour ?

nop

Tu dormais pas ?

nop

Comment ça ?

pis toi ?

Steve a sauté sur
ma fougère, qui s'est

écrasée au sol, j'ai dû
ramasser le bordel,
j'arrivais plus à me
rendormir. Donc j'ai
commencé à regarder…

osti de chat

Mais toi, pourquoi t'es
debout ?

je peinture

La nuit ? Tu peintures
quoi ? Une toile ?

Le moindre bonhomme allumette était complètement hors de sa portée artistique, donc non, sûrement pas une toile. Je posais la question pour la forme. Sa motricité fine ne s'était jamais vraiment ni développée ni fixée, à telle enseigne que je ne sais toujours pas si mon fils est droitier ou gaucher. Peu importe, tout son être était entré dans une fascinante harmonie le jour où Antoine avait découvert l'ordinateur. Ses mains battaient les touches dans un ballet parfaitement rythmé qui payait très bien le loyer.

des murs.

Mais quels murs ?

Je n'arrivais pas à me figurer assez d'espace libéré dans quelque pièce que ce soit pour qu'un seul mur puisse être peinturé. J'ai sursauté quand mon téléphone s'est mis à sonner : Antoine. J'ai mis deux secondes à comprendre qu'il s'agissait aussi de mon fils, du même. L'âge ou la nuit, ou les deux.

— Chéri ?

— Au lieu de s'écrire deux mille textos.

— Ah, oui…

— Les murs de la chambre d'amis.

— Oh ! Mais en pleine nuit ?

— Y fait moins chaud. C'est moins humide aussi, je voulais donner deux couches. Malika dort, ça fait pas de bruit.

— Pis les choses qui étaient dans la chambre d'amis ?

— Poubelles, le reste dans le rangement.

J'ai retenu mon wow pour ne pas le froisser, n'étant pas censée considérer le ménage comme un exploit.

— Vu que t'es là, j'aurais une petite question informatique pour toi, si t'as deux minutes.

— C'est bon, j'suis devant mon ordi, je travaillais un peu avant de donner l'autre couche.

— Tu travailles la nuit ?

— Je débogue des affaires quand j'ai la paix, j'suis bombardé de messages toute la journée.

— Mais tu dois être fatigué ?

— J'arrange mes horaires, c'est correct.

— Tu reprends tes heures, au moins ?

— J'suis pas salarié, m'man, je peux pas compter. C'est quoi ta question ?

— Oui, bon.

J'ai fait de mon mieux pour lui expliquer l'histoire de Karyne, avec ses agendas électroniques, ses alarmes, ses larmes, aussi, nommant tout croche des noms d'applications, faisant fi des détails techniques qui m'échappaient complètement. Les manquements de Karyne étaient nombreux et multiformes, tout le monde semblait avoir quelque chose à lui reprocher, son dossier était en porte-à-faux au-dessus de la poubelle depuis un moment, mais il me restait un arrière-goût désagréable qui me donnait envie de fouiller. Sans savoir comment m'y prendre.

— Piratage.

— Hum ?

— Quelqu'un rentre dans son compte pis fout le bordel.

— Mais pourquoi ?

— Pour faire chier.

— Pourquoi ?

— C'est pas de l'informatique, ce bout-là.

— OK. Je vais voir si je peux faire installer des caméras. Ça doit pas être permis, remarque…

— Pourquoi, des caméras ?

— Pour attraper le pirate.

— Maman, les pirates entrent dans ton ordi avec leur ordi, y peuvent être au Pérou.

— Oh ! Mais pourquoi des Péruviens feraient ça ?

— C'est juste un exemple, m'man. N'importe qui peut entrer dans son ordi, un ex, une amie, une voisine.

— Mais je fais comment, d'abord ?

— Vous avez sûrement un service informatique au bureau ?

— Euh… oui, j'imagine. J'ai jamais vraiment eu affaire à eux autres, personnellement.

J'ai souhaité très fort qu'il ne se souvienne pas que mon titre comportait le mot « numérique ».

— Fais des demandes d'accès pis va les voir, y devraient pouvoir te dire au moins ce qui se passe dans ses comptes de la job.

— Ah oui ? C'est simple de même ?

— C'est un début.

De quel type d'accès parlait-on ? À qui les demander ? Qui aller voir exactement, et pour leur demander quoi ? Aucune idée. Il était 2 h 33 du matin et je retenais mon fils déjà débordé. J'étais à deux-trois questions d'entrer dans la catégorie des mères gossantes. Je l'ai donc remercié chaudement, un peu trop, même, il a discrètement soupiré. Aimer tout en retenue, l'un des plus grands défis des parents. Se contenter de laisser glisser une main sur une joue quand on aurait envie de mordre par excès d'amour. Son corps d'adulte n'était qu'un costume, mon petit Antoine était dedans, en train de pousser doucement pour remplir la coquille. Je restais toute proche, au cas où il aurait besoin d'en sortir.

Ma fougère avait une tête d'ahurie. Après une chute vertigineuse et une transplantation dans une passoire à spaghetti, certains s'en tireraient moins bien. Je lui ai parlé un moment pour lui vendre l'idée que c'était sain, au fond, de s'aérer les racines de temps en temps, comme les humains le font avec leurs pieds. Passoire ou babouches, mêmes bienfaits. Oui, beaucoup de ses enfants étaient morts – ma poubelle débordait de branches cassées –, mais elle en aurait des tonnes d'autres, plus beaux encore, plus forts. Je lui ferais une nouvelle installation, un cache-pot en macramé suspendu à un crochet robuste pouvant supporter leurs deux poids, à Chat de poche et à elle. Ça doit pas être sorcier de visser un bon crochet au plafond, que je lui ai dit pour finir, à moitié convaincue.

Dehors, c'était l'heure noire profonde, comme le fond de l'océan. Même les chats avaient fini leur tournée.

J'ai respiré un bon coup, pensé à mon fils en train de peinturer – et si j'allais l'aider ? – entendu un raclement de gorge, un crachat. Je me suis approchée sur la pointe des pieds pour découvrir, en bas, l'un des Ostimans toujours sur son trône, les jambes allongées devant lui, bière à la main, avec ce calme qu'affichent ceux qui s'offrent un moment de paix en rentrant du boulot. Il jetait un œil distrait à la ruelle, savourait sa bière, bougeait les lèvres, chantait peut-être. J'ai fermé les yeux pour éliminer les bruits parasites, isoler les mots ou des notes : ... *passer... devient moins lourd...* Je suis revenue loin loin derrière, dans le salon de coiffure de ma mère. J'ai presque senti l'odeur de la teinture, la chaleur des serviettes à cheveux tout juste sorties de la sécheuse. Je suis retournée mettre mes babouches, du mou et suis descendue.

Pas de *Quin Cécile !*, cette fois, un simple allô dégarni des fanfaronnades habituelles. J'ai demandé si je le dérangeais. Il m'a invitée à m'asseoir avec un petit signe de tête.

— Bière ?

— OK. Merci.

Il a tendu la main vers la glacière, pêché une bouteille dans l'eau froide qu'il a décapsulée à l'ancienne, en tapant du poing sur le bouchon planté dans le bras du fauteuil. Assise tout près, je voyais pour la première fois la profondeur des rides, les veines du cou éclatées, les angles incongrus de certains de ses doigts. Les mains ravagées. Ce devait être le plus vieux des trois. Une fois liquidées les banalités qu'il nous était possible de partager – on est-tu ben quand c'est frais, c'est tranquille à soir, mam' chose a juste fermé sa porte en *screen* –, on a regardé un bout de nuit passer en silence. Nous n'avions rien de plus à dire, et personne ne nous le reprocherait. Je voyais d'ici la tête de mes géraniums, gras et généreux, qui coiffaient le muret d'intimité. J'ai essayé de m'imaginer en train de monter l'escalier juchée sur mes escarpins. Ça devait fournir un petit divertissement.

La fatigue m'est tombée dessus comme une masse. Mais elle ne me fait plus peur, c'est une ennemie que j'ai adoptée il y a longtemps. J'aurais pu m'étendre sur l'asphalte pété de la ruelle et m'endormir. La bière n'était pas bonne, à la fois fade et sucrée, une forme de déception aqueuse, mais sa bulle avait quelque chose d'agréable, une sorte de docilité avenante, moelleuse comme le moment. Si ça n'avait été des équipes à déchicaner dans quelques heures, j'aurais été *down* pour une deuxième, comme aurait dit Adèle. Mais le jour ourlait déjà de lumière le bout de la ruelle. Fallait que j'aille me défroisser les traits.

— Moi, c'est Diane.

— Raymond.

— Vous dormez pas ?

— Assis, comme le pape. Trente-deux ans dans le déménagement, ça te raidit une carcasse.

— Ouf ! j'imagine.

J'avais promis, lors de mon déménagement, de ne plus jamais refaire ça. *Over my dead body.* Ce que trente-deux ans de charriage de meubles et de boîtes pouvaient faire au corps, je n'osais même pas y penser. Si le dedans avait seulement autant souffert que le dehors, ce ne serait pas beau à voir.

— Merci encore pour le chien.

— Pas de quoi. Y est où, ce pitou-là ?

— Y est à ma fille, 'est repartie avec.

— Ah.

Sa face burinée offrait peu de prise pour la lecture des émotions. Ce n'était peut-être pas de la déception. Peut-être que oui.

À huit heures tapantes, malgré mes trois petites heures de sommeil, je débarquais à la quincaillerie grimée comme une directrice reposée, bien décidée à me faire expliquer comment ancrer solidement un crochet dans un plafond. J'avais quelques minutes devant moi avant de retrouver Jacques pour le court entretien que je lui avais demandé. Nous n'aurions que quinze minutes pour discuter, tout était calculé, je savais ce que je dirais, dans quel ordre, avec quel timbre de voix. Depuis qu'il s'était séparé de Nunuche, il versait facilement dans la nostalgie et l'apitoiement, finissait toujours par glisser un nous grinçant quelque part, ce que je voulais éviter à tout prix. La vue des vis et des gallons de plâtre me garderait connectée à la réalité, aux choses essentielles, comme ma fougère au bord de l'agonie.

Il n'y avait que des 4 × 4 et des camions-remorques en train de faire le plein dans le stationnement et la cour à bois. Deux-trois petits messieurs vraisemblablement à la retraite depuis longtemps se magasinaient un 2 × 4 comme d'autres les tomates à l'épicerie, à cette différence près que leur palpation minutieuse n'altérait pas les planches. Je me suis dirigée directement vers le distributeur à numéros : 043. J'ai regardé l'écran : 043. Je me suis avancée vers Phil, comme l'indiquait sa cocarde, qui ne s'est pas empressé de venir me voir. Jusque-là, tout roulait. « Fluide », c'est le mot que j'aurais donné pour décrire mon début de journée. Je lui ai expliqué la plante, le chat, la passoire. Pourquoi pas, nous étions seuls, il avait l'air aimable, les haut-parleurs crachaient des mots insipides, *move your body com'on com'on*, c'était une belle journée. J'ai même esquissé un furtif pas de danse.

— Gypse ou plâtre ?

— Hum ?

— Le plafond.

— Ah, je sais pas. On fait comment pour savoir ?

— C'est vieux ou neuf ?

— On vient de rénover, ça fait pas longt…

— Gypse. Ancrage papillon.

J'ai attendu quelques secondes, en jouant du sourcil pour l'inviter à continuer, mais Phil semblait trouver que le nécessaire avait été dit. Pas payé au mot, le gars. Sans me faire signe d'attendre ou de patienter, il a pris un appel sur son cellulaire à la première sonnerie. *Hé buddy !* Il en avait fini avec moi.

— Euh…

— Rangée 8, m'a-t-il fait avec un clin d'œil, avant de se retourner pour plus d'intimité.

Dans la rangée huit, à droite, il y avait un mur de babioles métalliques dans des petites cassettes de plastique transparent. Les étiquettes étaient minuscules, écrites en martien, je ne m'en sortirais pas. J'ai jeté un œil à la ronde pour trouver un autre commis : personne. Phil était plongé dans une conversation enlevante, dépensant là tous les mots économisés ailleurs. Ça m'a un peu contrariée.

La caissière faisait le ménage de son tiroir-caisse. Ses ongles offraient un dégradé de verts qui virait au noir sur la pointe. Des petites paillettes argentées formaient des vrilles qui donnaient l'impression de plonger sous les doigts.

— Bonjour ! Hum… je sais pas si vous allez pouvoir m'aider.

— On va voir ça.

— C'est que j'ai besoin d'un ancrage papillon pour installer un crochet dans un plafond en gypse.

— Vous pouvez aller au comptoir de service, quelqu'un va vous aider, madame.

— Euh… malheureusement, le jeune homme est au téléphone, y m'a fait signe de venir vous voir, y semblait pas connaître grand-chose aux crochets.

Elle a plié la tête en ramenant ses sourcils au centre de son front pour permettre à son regard d'atteindre Phil, au fond de la salle, et constater de visu qu'il était bel et bien absorbé par sa conversation téléphonique. Il bougeait les bras et se tapait la cuisse en riant. Elle a grogné par en dedans, ce qui se devinait à la crispation de son visage.

— Un crochet à plante, madame ?

— Oui, mais pour le poids, y faut calculer une plante et un chat.

Elle a ri en levant l'index, façon de dire *oui, je vois.* Je l'ai suivie dans la rangée 7 – elle a fait *tetetete* quand j'ai dit « rangée 8, non ? », « non, les kits d'ancrages avec crochets sont dans la 7 » –, où elle s'est arrêtée devant une autre série de cassettes en plastique indéchiffrables, un peu plus grosses. Sans hésiter, sa main a choisi un ensemble de crochet sculpté et ancrage papillon conçu pour soutenir au moins 90 livres. Une plante et un enfant, ça irait. Ou une petite madame comme Madeleine. Si je vissais dans le dur, je devais employer cette vis-là, si j'étais dans le mou, le papillon. Capable de lire ma confusion dans mon jeu de sourcils, elle a tenu à préciser : dur, c'est du bois, mou, c'est dans le vide.

— OK. Mais comment je fais pour savoir si c'est du bois ou du vide à l'endroit précis où je veux visser ?

— Y a des détecteurs de montants pour ça, mais c'est pas toujours précis. Le mieux, c'est de percer.

— …

— Avec une perceuse. Vous en avez une ?

C'était l'occasion rêvée de commencer à m'équiper. J'ai choisi la meilleure marque, celle que préfèrent les gars de la construction, avec chargeur à batterie, lumières DEL et coffret d'embouts et de mèches de toutes les tailles. Maintenant que je la tenais entre mes mains, que j'en éprouvais, malgré la boîte, toute la force et l'utilité, je me demandais comment j'avais survécu plus de cinquante ans sans elle. J'ai aussi failli flancher pour une ceinture porte-outils en cuir, mais Lydia – si je restais encore un peu, on devenait des amies – m'en a dissuadée ; dans l'immédiat, ça pouvait attendre, selon elle. C'est comme pour les brassières, faut prendre le temps de bien les essayer.

Mais j'ai littéralement fondu devant les masses en solde. Une belle toute neuve, au manche lisse, à la tête parfaitement rouge. Malgré la simplicité de sa conception, je sentais les grandes choses qu'elle pourrait accomplir. En cas de manque d'inspiration, je pourrais toujours appeler ma belle-mère, ça marche presque à tout coup.

— Ah ça, madame, une masse de même, c'est bon pour la vie.

— Pour la mort aussi, ai-je fait en souriant à peine.

Je n'ai sur le coup pas cherché à désamorcer son regard inquiet, mais une fois dans le stationnement, je me suis rappelé que je m'apprêtais aussi à installer un crochet capable de soutenir au moins 90 livres. Si j'avais acheté une roulette de *duct tape*, j'aurais été mûre pour une petite dénonciation. Parfait, je filais *badass*. Au moment où je passais la porte automatique, Lydia se dirigeait d'un pas déterminé vers le comptoir de service. Sur son sein droit, sous son nom, le mot « gérante » suivait le mouvement rebondi de son pas. Quand je karenne, moi, je le fais avec classe.

J'ai pressé le pas, Jacques m'attendait. Il ne faut jamais faire attendre ceux qu'on veut attendrir.

5

Où les solutions se trouvent au sous-sol.

Ça n'irait pas, le café était bondé, les gens parlaient fort. Le sujet était trop délicat pour être abordé ici. Quand Jacques m'a aperçue, je lui ai fait signe de venir me voir. Il a déplié son long corps de monsieur qui vieillit bien, élégamment vêtu, et a marché doucement jusqu'à moi, de ce pas que j'aurais pu imiter tant je le connaissais. Jacques a ce type de beauté qui s'affine et s'affirme avec le temps. C'est vraiment fatigant.

Nous n'avions jamais fait ça, Jacques et moi, aller boire un café ensemble avant de partir pour le bureau. Même quand les enfants ont eu l'âge de se gérer tout seuls, même une fois partis. Les vingt ans de course quotidienne qui avaient précédé le calme nous avaient formatés durablement. Moi, du moins. Durant les premières années, j'avais continué de partir une brassée et une mijoteuse avant d'aller travailler, presque tous les jours, même si les plats s'entassaient au congélateur et que je me battais pour les refiler aux enfants quand ils venaient à la maison. Je lavais encore les lits toutes les semaines, même ceux de mes fils qui n'y avaient pas dormi. J'avais mis du temps à comprendre que je pouvais ralentir, comme j'avais mis du temps à saisir que mon mari m'échappait.

On s'est retrouvés au parc avec des cafés à emporter dans des contenants réutilisables à 20 dollars pièce; le café serait encore meilleur, a dit le serveur, que nous n'avons pas cru. Quelques triporteurs s'étaient rassemblés dans un coin, çà et là des fumeurs, des chiens, des enfants.

— Je suis content de te voir.

— Hum. Comment va Terrence?

Depuis sa séparation, Jacques ne voyait plus son nouveau fils qu'une fin de semaine sur deux, comme dans les histoires tristes d'une autre époque. L'entente sur la garde sera revue quand il sera plus vieux, c'était pour son bien, et celui de Charlène. J'ai failli m'émouvoir. Il ne m'a pas demandé comment je me portais, ça se voyait de partout que j'allais à merveille. Si j'avais eu une vraie nuit de sommeil, il m'aurait à peine reconnue.

— Charlotte t'a parlé, pour ses plans de maison?

— Non.

— Y veulent acheter, Doum pis elle.

Je lui ai expliqué que le projet était déjà arrêté, les recherches lancées et qu'une partie de la mise de fonds avait même été allongée par les parents de notre gendre adoré.

— Y est pas si pire que ça...

— J'aimerais mieux que Charlotte puisse fournir sa part. On pourrait donner la même aide financière aux trois, c'est maintenant qu'y en ont besoin, pas dans 30 ans. Regarde Antoine dans son petit appartement, je sais qu'y dit tout le temps qu'y sont bien, mais peut-être qu'un petit bout d'héritage, ça les inciterait à trouver mieux, plus grand, ou même à s'acheter de quoi, eux aussi. Je sais qu'Alex a pas besoin d'argent, mais quand y vont finir par adopter, ça va faire des grosses sommes à dépenser, des longs congés à prendre, ça pourra pas nuire. Pis ce serait mieux pour Charlotte d'être à 50-50 sur les papiers, c'est moins compliqué chez le notaire, pis c'est plus simple pour les séparations, comme y sont pas mariés…

C'était une excellente idée, du *tout moi*, qu'il a dit. Les trois en profiteraient, il était tout à fait d'accord, le moment était bien choisi. Il a pris une gorgée de café, respiré profondément, heureux et satisfait, comme si on venait de l'absoudre d'un crime. Mon appel l'avait probablement inquiété, il aura cru à une mauvaise nouvelle qui ne se disait pas au téléphone ou à une nouvelle accusation. Je n'y avais même pas pensé. Nous n'étions, dans ce gentil matin d'été, qu'une paire de parents normaux en train de penser le bonheur de nos enfants. Ce qui nous séparait l'instant d'avant ne comptait pas, nous étions parfaitement d'accord, comme nous l'avions presque toujours été pour tout ce qui concernait les enfants. Ce qui nous avait perdus était ailleurs. Mais je savais pertinemment, même assise avec un café devant le cadavre de mon mariage, que si on m'offrait de reprendre l'histoire depuis le début, c'est avec lui que je recommencerais.

— C'est des bons enfants, Diane.

— On est chanceux.

Ce que les gens qui passaient devaient voir était probablement ce que nous étions : un vieux couple en paix.

Claudine me bombardait de textos, valait mieux que je parte. Mon conseiller financier contacterait le sien, nous allions financer le projet à parts égales – sans préciser que j'allais devoir décaisser quelques placements pour y arriver –, je prenais en charge la partie technique. J'étais tellement fière de lui déballer tout ça dans la même phrase que j'ai failli la répéter, juste pour le plaisir de m'entendre la redire. Quand je lui ai tendu le coude en guise de salut, il s'est levé, tourné vers moi, m'a serrée dans ses bras, longtemps, fort. Je l'ai laissé faire. J'ai même un peu ramolli, même si ses malheurs ne m'intéressaient plus. Ne me réjouissaient pas davantage. Ma psy m'aurait dit que j'étais sur la voie de la guérison.

Quand je me suis vue, dans la vitre de mon auto, juste avant de monter, j'ai pensé : « Faut être un vieux con pour se défaire d'une femme pareille. »

Les « Viens me voir tout de suite » des textos répétés de Claudine m'ont fouettée dans l'escalier, que j'ai monté à toute vitesse, sur la pointe des pieds, pour éviter de m'enfarger dans mes talons.

— Je viens de parler avec Jacques, pfff… pour les sous qu'on va donner aux enfants pfff… *My god*, va falloir que je fasse plus de cardio, pfff…

— Assis-toi.

— Pfff… T'es ben sérieuse, toi.

Claudine venait de placer ses mains en prière, façon mère supérieure. Comme elle m'avait déjà foutue à la porte deux ans auparavant, je savais que ce n'est pas ce qu'elle s'apprêtait à faire, son regard était différent, mais ce ne serait pas agréable. Elle s'est lancée.

— Adèle, l'autre soir....

— Fffff.... Tu m'as fait peur, je pensais que tu m'annonçais une grosse affaire. Bon, qu'est-ce qui se passe encore ?

Adèle collectionnait le trouble sous toutes ses formes, rien de nouveau. Elle commençait même à nous servir du réchauffé. Claudine a semblé changer d'humeur. J'ai eu peur de l'avoir contrariée.

— Ah, pis laisse faire, c'est rien de grave, je te raconterai ça à l'apéro, c'est vraiment pas pressant.

— S'cuse-moi, je voulais pas que tu penses que ça m'intéresse pas...

— Je pense rien pantoute, arrête ça. Raconte-moi plutôt : t'as parlé avec Jacques ? Où ça ?

— On a pris un café. Dans un petit parc dans le coin de Cartier, au soleil, c'était super mignon. Y trouve que c'est une bonne idée d'aider tout de suite les enfants, y a été super, vraiment.

— R'garde-moi-la qui devient toute chose.

— Non, j'étais juste contente, c'était juste... agréable.

— Tu te rappelles quand j'ai repris Philippe, quand y est revenu à la maison, qu'y était donc fin...

— Oui, c'est beau, on connaît l'histoire, mais Jacques enseigne pas Heidegger à des petites étudiantes en émoi.

— Ben non, mais y est plein de *cash*, c'est pire !

— Mais je le reprendrai jamais, je sais pas pourquoi on parle de ça !

— *Good !* Je peux toujours te sortir l'enveloppe, si tu te sens faiblir.

— Comment ça, sortir ?

L'enquête que j'avais fait faire par un détective privé sur les possibles infidélités de Jacques était emmurée dans la maison familiale que j'avais vendue. Je n'avais jamais ouvert l'enveloppe remise par l'enquêteur. Une erreur, selon Claudine, qui demeurait convaincue que mes gentillesses post-divorce s'expliquaient par le fait que je ne m'étais jamais donné la chance de le détester complètement. Elle oubliait seulement que, en ouvrant cette enveloppe maudite, je courais aussi le risque de découvrir que mon ex-mari n'était pas le super salaud à huit maîtresses qu'il m'était accommodant d'imaginer. Au moins pour survivre à la peine de l'avoir perdu.

— Du mur, la sortir du mur. Bon, revenons à nos bibittes. Tu t'en vas rencontrer Nathalie de l'approvisionnement ?

— Oui, mais c'est bizarre, pourquoi juste elle ?

Pas nécessaire de voir les autres, le problème ne concernait que sa personne : elle refusait de revenir travailler physiquement au bureau, même si la boîte lui avait gentiment concocté des arrangements pour lui permettre de faire des tâches administratives à la maison deux jours par semaine. Tant mieux ! Comme je n'avais pas besoin d'éplucher le dossier de toute une équipe, ça me donnait le temps d'aller rencontrer l'un des employés de l'informatique pour essayer de voir plus clair dans le dossier de Karyne.

— Tu pourrais m'avoir des accès pour surveiller le mouvement dans les comptes de Karyne ?

— Pourquoi ?

— Antoine dit que c'est possible que quelqu'un rentre dans ses comptes, de l'extérieur, à partir d'un autre ordinateur qui peut être loin ou proche, comme au Pérou, mais c'est juste un exemple. Dans le sens où on n'a pas besoin de filmer son bureau vu qu'on pourrait juste...

— C'est beau, j'ai pas besoin d'un dessin. Va voir Étienne dans le *bunker*, dis-y que c'est moi qui t'envoie, y me dira quel genre d'accès ça y prend.

Le téléphone s'est mis à sonner.

— Bon, faut que je le prenne.

Même si c'était un peu étrange comme trajet, je suis passée par le quatrième pour aller au sous-sol, la machine à café me fournissant toujours le prétexte parfait. J'ai constaté avec plaisir que la nouvelle secrétaire de Ji-Pi était en fait un secrétaire - adjoint administratif, évidemment. Quarantaine bien sonnée, *look* décontracté, sourire avenant. Une odeur que je connaissais bien aussi, Jean-Paul Gaultier. Pas de Ji-Pi dans les parages, sa porte de bureau était fermée. J'ai probablement trop ralenti, ou trop zyeuté, il m'a demandé comment il pouvait m'aider. Brandissant mon café comme couverture, j'ai dit que je passais dans le coin pour me délester un peu les jambes. S'il pouvait saluer Jean-Paul pour moi, ce serait gentil. Non, je n'avais pas besoin d'un entretien.

— Diane Delaunais, des ressources humaines, y me connaît. Juste un bonjour. C'est gentil, merci.

Il m'a fait un clin d'œil, que je lui ai retourné. Drôle de réflexe. Dans son cas comme dans le mien.

Le poste de travail d'Étienne était entièrement couvert de papiers, d'enveloppes, de livres, de figurines de toutes sortes, de verres empilés en provenance de tous les *fast-food* de la ville, de gommes collées sur des mouchoirs, d'emballages de bouffe avec ou sans petit jus collant. Même chez Antoine, je n'avais jamais vu un désordre aussi dense, aussi impénétrable. Et comme chaque fois que je me retrouvais devant le comptoir de cuisine chez mon fils, mon cerveau s'est mis à ranger mentalement: je jetais dans un grand sac-poubelle la moitié de ce qui traînait, je retirais les livres un à un pour les classer par tailles ou par sujets, en fonction des titres, j'empilais les feuilles, rassemblais les figurines dans une boîte, les pinces et trombones dans une autre, nettoyais les surfaces avec du désinfectant, passais un coup de balai...

— Tu veux-tu attendre deux minutes, madame? J'ai un système de planté, ça capote solide en haut. Pour les demandes, d'habitude, faut passer par le guichet informatique pour qu'on te fasse un billet.

— Oui je sais, je passe par là d'habitude, mais c'est pour une demande un peu... spéciale. J'suis pas trop sûre de ce qu'y me faut non plus.

— J'ai pas le temps pour tu' suite, demande à Dylan.

— C'est Claudine qui m'envoie.

— Moi pis Dylan, c'est pareil. Je sais pas c'est qui, Claudine.

Sur le bureau de Dylan, trois écrans, un stylo, un bloc-notes. Sa main droite stoppait son pianotage frénétique toutes les dix secondes pour relever une mèche trop longue de son toupet. Avec mes ciseaux imaginaires, je lui ai fait une petite frange amincie et dégradée. Il m'a demandé ce que je voulais sans lever les yeux. On se serait crus aux urgences, avec des blessés graves partout. Aux étages, on se promenait tranquillement en flattant la moquette de nos souliers vernis, café à la main, sans se douter qu'on couvrait nos arrières à longueur de journée dans les tréfonds de la boîte sur du béton mal poli. J'ai exposé ma demande un peu futile, avec un minimum de mots. Il n'avait pas besoin d'accès particuliers, non – c'est plutôt lui qui les accordait –, alors oui, il pourrait retracer toutes les activités de son portable, qui y entrait, d'où ça partait, ce qu'on y faisait. Il me reviendrait d'en déduire le reste. S'il le faisait.

— Pis pourquoi je ferais ça, moi ?

Sans remplir un billet de service officiel, ce que je lui demandais impliquait de travailler sous le radar et sans toucher à l'indicateur de performance, leur rendement étant minutieusement comptabilisé en fonction de dossiers réglés.

— Parce que j'essaie d'y sauver le cul, à Karyne avec un « y », pis que je sais pas comment faire autrement.

C'est bon, qu'il a dit. Il retrouverait son adresse IP dans la banque de données des employés et me donnerait des nouvelles d'ici la fin de la journée. Il a fait tout ça sans me regarder. Je ne les verrais jamais au département de la synergie, ceux-là, faut avoir un minimum de temps libre pour se chicaner.

Nathalie m'attendait à la porte de mon bureau quand je suis remontée. Elle portait une robe longue et un petit foulard de soie, les cheveux rabattus en un chignon mou sur la nuque. Une fois assise, elle a roulé sa chaise sur plusieurs pieds, jusqu'à ce que le dossier soit à deux pouces de la porte, comme pour empêcher que quelqu'un d'autre puisse entrer. Elle a déposé ses bras sur les appuis, apparemment satisfaite. Peut-être que le secret qu'elle s'apprêtait à me révéler ne pouvait souffrir d'aucune intrusion. Elle m'a d'abord demandé où je me situais dans l'organigramme de l'entreprise. J'ai énoncé mon titre, sans rire, précisé que j'opérais un peu comme une greffe à la direction des ressources humaines, le temps que les choses se placent. J'ai sciemment évité le mot « ménage » dans ma description de tâches pour ne pas la faire paniquer. Je la sentais comme un ressort tendu prêt à péter.

— Ça fait pas dix minutes que je suis dans votre bureau que la migraine commence déjà.

— C'est notre rencontre qui vous stresse comme ça ?

— Non, pas vous, le bureau lui-même.

Elle aurait préféré pouvoir continuer de gérer ses problèmes de santé sans les étaler au grand jour, vivre sa condition à l'ombre du jugement des autres employés, c'était déjà assez pénible comme ça, mais la convocation qu'elle subissait aujourd'hui lui prouvait qu'elle était acculée au pied du mur.

— On vous demande pas non plus de tout dire…

— Forme aiguë d'hypersensibilité électromagnétique, HSE.

Elle affichait une mine de passeport, comme si elle venait de me lancer une grenade dégoupillée. Ma réaction devait être impeccable, je devais *entendre l'humain dans sa douleur*, tout se jouerait là. Ne pas rire, surtout. D'ailleurs, ce n'était pas drôle. Cette femme souffrait doublement, brisée par les ondes et la solitude.

— Les gens pensent que c'est une maladie mentale. Mais c'est reconnu dans plein de pays, comme la Suède. C'est un peu comme l'autisme à une autre époque, avant qu'on comprenne…

— Je sais.

— Vous connaissez ça ?

— Oui, ma belle-sœur…

… souffre d'une forme aiguë de narcissisme, ai-je fini dans ma tête. Elle n'était pas obligée de savoir qu'il n'y avait que les mots « forme aiguë » en commun dans les deux situations. Ni que ma belle-sœur était maintenant mon ex-belle-sœur, ce qui m'avait, fait heureux, libérée du rôle de gardienne qu'elle m'avait bien malgré moi imposé pendant des années. Le non-dit me sauvait d'un mensonge et me donnait un air préoccupé. L'implication personnelle me rendrait sympathique. Et comme ces hommes qui s'efforcent de penser à de la bouette pour ne pas éjaculer trop vite durant leurs ébats, je pourrais me projeter devant mon adorable ex-belle-sœur pour garder mon sérieux.

— Vous êtes chanceuse, je fais une éruption cutanée aujourd'hui, je vais pouvoir vous montrer ce que ça me fait, physiquement, parce que les maux de tête pis les étourdissements, ça se voit pas, mais regardez ça, ça trompe pas.

Quelle chance, en effet ! Sur ses bras, des traînées de boursouflures asymétriques formaient des sillons rosâtres, surélevés, qui laissaient deviner le passage insistant des ongles. Je ne pouvais évidemment rien en déduire, sinon qu'elle s'était beaucoup grattée. Un médecin aurait peut-être reconnu là une crise de psoriasis, de l'eczéma, une réaction allergique, comment savoir ? On ne pouvait même pas évacuer la simple nervosité qui s'attaque parfois au corps pour mieux se faire voir. Les doigts de Charlotte se mettent à enfler comme des saucisses en périodes d'examens depuis qu'elle est toute petite. Ce sont toujours ses mains que je regarde en premier quand elle m'inquiète. Je devais rapidement me mettre en mode solution avec Nathalie, avant qu'elle ne me raconte et ne me montre tout un tas de choses que je ne voulais ni entendre ni voir, ma capacité à mentir avait ses limites.

— OK, je vois. C'est récent ?

— Non, mais c'est en venant pu travailler au bureau que j'ai vraiment compris que c'était ça. Pus de maux de tête, de fatigue, d'étourdissements.

Ce qui arriverait à peu près à n'importe quel employé épuisé ou sur le bord de craquer qu'on mettrait en arrêt de travail et qui découvrait les bienfaits du repos. J'en retenais surtout que ses maux intérieurs et extérieurs semblaient liés.

— Est-ce qu'y a des machines en particulier qui te posent problème ?

— Le wifi, c'est le pire, mais y a aussi les cellulaires, le micro-ondes, l'éclairage au néon, les antennes, entre autres.

— Mais y en a partout…

— Oh oui, je le sais, a-t-elle fait en me remontrant ses bras.

— Mais qu'est-ce qu'on peut faire nous, ici, pour t'aider ? Tu fais quoi, chez vous, par exemple, pour travailler ?

— J'suis câblée pour l'Internet, j'ai un téléphone à fil. Pas de cellulaires chez nous. J'ai fait poser des plexiglas infrarouges, des barres résilientes dans presque toutes les pièces…

— Des barres résilientes ? Comme celles qu'on met dans les murs pour le son ?

— Oui, mais sur les murs, pour couper les ondes, ça réduit la force de l'exposition. C'est pas parfait, mais c'est mieux. Je travaille proche de la fenêtre pour éviter d'avoir besoin d'un éclairage artificiel.

— Oh ! Les journées doivent finir de bonne heure en hiver.

Ça ne l'a pas amusée. Je lui ai proposé d'aller terminer sa journée à la maison, je consulterais le département de la maintenance pour voir les possibilités de penser à un aménagement personnalisé, mot qu'elle a beaucoup aimé. Je me ferais discrète, évidemment, elle ne voulait pas devenir la folle de service, ce que je comprenais tout à fait, sincèrement. Mon écoute l'épatait, elle ne pouvait être étrangère au fait que la maladie frappait aussi ma famille. J'ai dit oui, la forme aiguë, le sourire fermé. Pourtant, je déteste mentir.

— Est-ce qu'on sait pourquoi les ondes affectent certaines personnes pis pas d'autres ?

— Y en a qui mangent du beurre de peanut à' grosse cuillère, pis d'autres qui meurent en regardant le pot.

Elle avait le sens de l'image, on ne pouvait pas lui enlever ça. J'ai seulement acquiescé.

Après son départ, j'ai lancé quelques recherches, constaté que la maladie, en effet, commençait à être reconnue dans quelques pays européens, mais sans quitter le champ de compétence de la psychiatrie. Il y avait des gens qui souffraient, des symptômes réels, et du néant scientifique tout autour. Peu importe. Nathalie souffrait, avait identifié une cause tangible à son mal, et nous avions besoin d'elle. J'allais donc travailler à donner corps à ce vide.

Vers la fin de la journée, avec l'accord de Claudine, je suis redescendue au sous-sol, dans la partie du bâtiment qui abritait les services d'entretien et de maintenance, juste à côté du département de l'informatique. Les moteurs qui permettent au reste de tourner sont toujours terrés dans le pied des immeubles, loin des regards, comme au théâtre. Pendant les dix-sept ans que j'avais passés aux ressources matérielles, je n'avais jamais eu besoin de descendre dans les entrailles de la bâtisse.

Fernand, que j'avais quelquefois croisé aux étages, a noté consciencieusement les ajustements à faire au bureau de Nathalie. Pour les câbles et les plexiglas, pas de problème, l'entrepôt en était bondé depuis la fin des mesures sanitaires. Il n'a pas sourcillé quand je lui ai dit que les barres résilientes pouvaient être vissées en surface, un peu de façon décorative.

— Ça fait trente-huit ans que je travaille ici, j'en ai vu des coucous, vous avez pas idée, ma petite madame.

Je commençais, oui, à m'en faire une petite idée. La terre est un nid de coucous.

— Vous devez être sur le bord de la retraite, vous là ?

— Jamais de la vie ! J'ai une femme à' maison, moi, a-t-il fait, sourire en coin.

Le seau à glace trônait sur la table basse de la terrasse quand je suis arrivée chez Claudine. Je venais de constater, avec un certain bonheur, que ma petite frette bue avec Raymond la nuit précédente n'avait rien changé à notre relation : j'étais encore *Quin, Cécile !* à qui on offrait une bière que je déclinais gentiment. Seulement voilà, on savait désormais que mon refus ne s'appliquait qu'au moment présent. Claudine était même un peu jalouse.

— On n'est pas dans la règle de trois, le mercredi ?

Trois jours par semaine sans alcool, c'est ce que nous avions voté pour nous donner un semblant d'hygiène de vie. On visait même quatre pour l'automne. La motivation de Claudine était encore à travailler. Les grandes marches programmées les soirs d'abstinence se faisaient attendre. Après trois mois de ce régime sec – c'était son mot –, elle n'avait pas perdu une livre, même pas une once. Elle en avait même pris un peu, étrangement, la bordure de son menton s'était épaissie. La perte de poids n'était qu'accessoire, évidemment, dans cette coupure sauvage – encore ses mots –, mais ça aurait été encourageant, quelques grammes de moins.

— On va avoir besoin de solution temporaire aujourd'hui.

— Ah oui ?

— Toi, surtout.

Elle a pris une grande inspiration en me versant un verre dont je ne voulais pas, avant de se rincer généreusement le gosier. Rien ne m'avait préparée au sérieux qu'elle affichait. Je croyais qu'au pire, on parlerait encore des conneries qu'avait faites Adèle, et qu'il me faudrait feindre d'être scandalisée.

— Non, Adèle est juste un témoin, cette fois-là.

— Témoin de quoi, coudonc, tu vois pas ta tête ?

— Sur ta terrasse, l'autre soir, Adèle a reconnu Ji-Pi…

Son ton avait quelque chose d'inquiétant. Les images se sont tout de suite mises à se superposer à une vitesse folle, avec des visuels d'*Allô Police*, si bien qu'au moment où elle a eu la générosité de finir sa phrase, j'ai presque été soulagée.

— … c'est le nouveau *chum* de la mère d'Ophélie, son amie de l'école. À cent pour cent sûre, qu'à m'a dit.

— Oh…

J'ai bu les yeux fermés une grande lampée de solution temporaire pour essayer de faire descendre le *chum* de qui était resté coincé quelque part, entre l'oreille et le cœur. Adèle n'avait pas compris ce que le bonhomme faisait chez nous, elle avait préféré se sauver pour éviter de se retrouver dans une situation embarrassante. Les explications de Claudine - *C'est juste un collègue…* - ne l'avaient pas convaincue que c'était légal dans sa situation. Sa vision de l'amour avait quelque chose de suranné. J'étais déçue pour moi, mais pas surprise.

— Vas-tu être correcte? Ça durera peut-être pas, avec sa nouvelle blonde.

— Hum hum.

J'ai vidé mon verre d'un coup et suis montée chez moi, les jambes molles, le cœur au fond des talons. Je souperais en grignotant des restants. Claudine n'a rien dit, n'a pas cherché à me retenir. Merci, ma vieille amie. Ma tristesse s'est muée en colère quand j'ai marché sur le petit rhinocéros de plastique que Chat de poche avait envoyé valser par terre pour la toute première fois. Dommage, j'étais trop hors de moi pour m'en inquiéter. J'aurais dû.

Dans l'armoire d'urgence, j'ai choisi deux affreux bibelots, une bergère aux yeux croches et un singe-grenouille, ce n'était pas clair, et je les ai éclatés avec ma masse, sur le tapis de l'entrée. Claudine n'est pas montée voir, évidemment. Ça m'attristait un peu de les avoir assassinés avec ma vieille masse; la neuve était restée dans l'auto et j'avais trop la flemme pour redescendre la chercher.

Je me suis couchée sans ramasser les dégâts, sans me démaquiller. *Fuck* toute, j'ai pensé. On a les vengeances qu'on peut.

Heureusement, j'étais brûlée. Le sommeil m'a cueillie comme une jeune mariée qu'on soulève sans effort.

6

Où je m'auto-déchicane.

C'est le message de Dylan qui m'a réveillée à 23 h 09: «*all clear*». Aucune idée de ce que ça voulait dire. Je suis restée calme, j'étais reposée, juste assez pour ne pas m'en prendre à un troisième bibelot. Rien ne m'obligeait à répondre tout de suite. J'ai attrapé mon téléphone.

Allô mon amour!
Toujours en train de
peinturer? Tu me diras si
tu veux que j'aille t'aider.
Maman xx

tu dors pas

Toi non plus, je te ferai
remarquer. Pis les vieux,
ça dort moins.

ha j'ai presque fini
pis ton prob avec la fille

Ça tombe bien que tu
me demandes ça, le
gars de l'informatique

vient de m'écrire que
c'est « all clear », mais
je sais pas trop ce que
ça veut dire. D'un point
de vue informatique, je
veux dire. Je sais que les
mots « all clear » veulent
dire « tout est clair ».

On a continué ça au téléphone. D'après lui, ça confirmait qu'il n'y avait pas eu d'intrusion extérieure et que les connexions à ses appareils et aux serveurs avaient été faites par des machines autorisées, probablement les siennes. *All clear* comme dans « toutes les opérations semblent conformes à ce qui est permis de faire ». Dur à déchiffrer. Finalement, a théorisé mon grand sans filtre, Karyne avait peut-être juste un grave problème de gestion – « C'est-tu le genre de fille qui prendrait de la drogue ? »

La chambre d'amis avançait, il me remerciait d'offrir mon aide, mais ça ne serait pas nécessaire. À ma question pourquoi maintenant, cette mise au goût du jour de la petite chambre, il y est allé d'un laconique « parce que c'était lette ».

— Vous venez toujours souper samedi prochain ?

— Oui, mamounette.

J'ai failli pleurer tant ça m'a fait plaisir d'entendre ce *mamounette* qu'il me servait comme un câlin, quand il était tout petit, à défaut de pouvoir montrer plus. J'ai serré le téléphone sur ma joue, à deux mains, les yeux pleins de larmes. Heureusement qu'il n'était pas devant moi, je n'aurais pas su me contenir, ça aurait été malaisant, je m'en serais voulu. Je ne sais pas comment Malika arrivait à lui tirer un peu de tendresse, à ce gros nounours si rétif aux démonstrations.

Le soir du souper, si tout roulait comme prévu, j'aurais les chèques en main depuis la veille. Je pourrais même inviter ma vieille branche d'ex-mari pour l'occasion. C'était un projet commun, au fond, probablement notre tout dernier. Un petit Noël en plein été, pourquoi pas.

J'ai relancé Dylan pour lui montrer que je n'étais pas aussi technonulle que je l'avais laissé voir. J'y suis même allée d'un message dans les règles de l'art, pas de majuscule pas de signature.

pas de connexion ext
donc, je cherche ailleurs,
merci

Oups! J'étais trop fière d'avoir omis la majuscule et avais laissé passer deux virgules.

Sans regarder l'heure, j'ai mitraillé Karyne d'invitations à des réunions en présence, en virtuel, lui ai demandé de m'envoyer ses trois derniers rapports – je ne les lirais pas, je voulais seulement les recevoir – et suis sortie sur la terrasse, après une enjambée au-dessus des retailles de bibelots, pour goûter la fraîcheur du vent qui venait de virer, comme si Mary Poppins allait débarquer. J'avais à peine fait trois pas quand la voix des Ostimans m'est parvenue, douce mélodie de ruelle.

— Osti, *man*, le gars branlait dans le manche…

— Pas le gars du triporteur?

— *Man*, le même osti de gars !

Je me suis étendue sur le divan en osier, bercée par leur babillage de grands enfants, laissant la nuit me lécher doucement la peau. Quand j'ai senti que le sommeil allait gagner, je me suis traînée jusqu'à l'intérieur. Peut-être qu'ils veillaient dans l'espoir que je descende. On se donne de l'importance comme on peut.

Sur le comptoir de la cuisine, mon téléphone affichait tout un tas de notifications : Karyne avait déjà accusé réception de mes courriels et envoyé les rapports demandés. Je me l'étais naïvement imaginée endormie sagement, loin de ses machines. La fée des dents ne doit plus trouver que des téléphones sous l'oreiller. Je suis retournée voir les mots clés dans son dossier : 29 ans, course à pied, spas, Georges Clooney, pâtes au pesto, chandelles. Pas de Chalamet.

La première équipe que je rencontrais le lendemain matin m'a complètement déstabilisée : Pierre-Luc, Yasmine, Léah-Claude, Fabien et Samyr – seul fait vraiment notable sur les réseaux, les trois gars étaient des Mères au front – donnaient l'impression de s'entendre à merveille. Claudine ne m'avait pas donné de mandat précis pour cette équipe du marketing, les problèmes n'étaient pas clairement identifiés, je verrais par moi-même. Ma courte expérience m'enseignait déjà qu'un employé à qui on offre sur un plateau d'argent de déballer son sac, tout en étant payé pour le faire, ne rate pas sa chance. J'étais partie confiante. Mais le feu roulant de la conversation à bâtons rompus que nous avions depuis quelques minutes ne dévoilait rien, sinon que les liens étaient solides et qu'ils s'estimaient beaucoup les uns les autres. Les anecdotes qui ponctuaient leurs interventions polies montraient que leur intimité débordait amplement du cadre professionnel. Ça m'a presque peinée de devoir les libérer à la pause.

Je suis montée chez Claudine en courant dans les escaliers, talons en main, pour une petite séance de cardio.

— OK. C'est quoi le problème avec l'équipe du marketing ? Je comprends pas. Pis niaise-moi pas.

— Fffff... Secret d'État : un des boss veut placer son gendre. Interdiction d'augmenter l'enveloppe de rémunération, c'est des postes qui frôlent les six chiffres en partant.

— Ce sera pas possible.

— Va falloir trouver une brèche.

— T'en enlèves un, les autres suivent. Fabien est le parrain du fils de Samyr, Léah pis Yasmine sont allées dans le Maine ensemble y a deux semaines, pis Pierre-Luc a un spa huit places.

— *Shit*, un huit places... Bon ben fais-moi un rapport qui explique tout ça, ça va m'aider.

— Tu le savais déjà.

— Ben oui, chérie, j'suis le confessionnal pis le purgatoire en même temps. Si ça coince à quèque part, c'est ici que tout le monde débarque. C'est d'ailleurs pour ça que t'es là, je fournis pas. Les marketings, je les connais pas, donc oui, je m'en doutais que ça allait bien.

— OK, m'as te faire un beau rapport avec pas de fautes dedans. Je sors au coin me chercher un latte, je t'en rapporte un ?

— Va en haut, pour le café…

— Ça va me faire du bien de sortir.

— Cinq à sept à l'Igloo ce soir ? On part ensemble ? Je comprendrais que ça te tente pas, remarque…

— Non, non, c'est beau, je te rejoins ici. On garde le *focus* : *frencher* !

— *Yes sir !* Ma Didi est en feu, tassez-vous de d'là !

Je suis passée par le bureau de Karyne en empruntant l'escalier de service - *focus* sur le cardio aussi - et suis tombée sur Jean-Jean, qui replaçait le clavier et le buvard du bureau qui n'était pas le sien, comme s'il venait d'y faire un peu de ménage. Il a légèrement sursauté quand je suis apparue dans son angle mort. Un *scan* rapide du plan de travail de Karyne ne m'a pas permis de voir ce qui l'intéressait. Tout y était soigneusement rangé.

— Allô Jean-Jean ! Karyne est pas là ?

— Je… non. Pas vue.

Je lui ai emboîté le pas dans le corridor juste pour m'amuser de le voir serrer les fesses ; ma présence l'avait dérangé. La preuve : quand Karyne a tourné le coin juste devant nous, il l'a à peine saluée et m'a pointée du pouce par-dessus son épaule pour l'avertir de ma présence, avant de bifurquer vers son propre bureau. La belle aux yeux grands comme des deux piasses.

— Allô Karyne ! On se voit toujours demain à mon bureau ? ai-je lancé plus fort que nécessaire.

— Euh… oui, attendez.

Elle a pris son téléphone, fait glisser quelques onglets, fermé la bouche, le temps d'analyser ce qu'elle voyait.

— C'est toujours à 11 heures, demain matin ?

— Exactement.

— J'y serai sans faute.

— Parfait, à demain. Oh ! Petite chose : je pense que Jean-Jean voulait te parler.

J'ai pris trois grands lattés et autant de scones figues et noix de Grenoble. Toutes les autres viennoiseries contenaient des pépites de chocolat ; j'aime autant le chocolat que je déteste les choses contenant du chocolat, ça me laisse en bouche un effet de contrefaçon. Le barista m'avait fièrement montré les cœurs sculptés dans la mousse de lait avant de mettre les couvercles et de les disposer gentiment dans le porte-gobelet en carton recyclé qu'il m'invitait à réutiliser lors de mes prochaines visites. C'est agréable de boire du beau, même caché. Je me suis avancée pour voir son nom sur sa cocarde : Effervescence.

— C'est mon nom pour aujourd'hui, je me sentais comme ça, qu'il m'a dit. Hier, c'était Lavande, demain, ce sera autre chose. Comme au terrain de jeu.

Il me faisait penser à une version de Dominique pour qui j'éprouverais au fond un peu de tendresse.

Étienne et Dylan m'ont trouvée louche, avec mes cafés chics et mes genres de chaussons trop compacts, mais bons pareil. Étienne portait un chandail de Metallica blanc avec des manches noires trois quarts qui dévoilaient un enchevêtrement de spirales complexes tatouées sur son bras gauche, peut-être fait au Spirograph.

— Tu veux quoi ?

— Rien. Je me demandais juste…

— Me semblait. Encore *off the record*, pas de billet ?

— Ouin…

— C'est non.

Ils sont retournés à leur écran, me laissant plantée là, avec mon trop gros café, la mâchoire décrochée, embarrassée devant ce qui devait avoir des airs de tentative de corruption tuée dans l'œuf.

— *Sike !*

— Ha ! Ha ! Ha !

— Tu devrais voir ta face, madame, ha !

Ils étaient manifestement très fiers de leur coup. Je ne l'avais pas vu venir, malgré les *sike !* à répétition d'Adèle qui auraient dû me préparer à celui-là.

— Vous m'avez eue, 'est bonne…

Après m'être ressaisie, je leur ai exposé le problème de Karyne tout entier, pour qu'ils aient une vision globale de l'affaire et me sortent des ténèbres auxquelles me condamnaient mes compétences très limitées en technologie.

— Y a quelqu'un qui rentre directement sur son poste, je vois pas d'autre chose.

— Je comprends pas ?

— Quelqu'un *bypasse* ses codes pis rentre direct dans son ordi.

— Ça se peut, ça ?

— Toute se peut, madame.

Ce qui me réjouissait, d'une certaine façon : une caméra serait peut-être utile, je n'avais pas eu tort d'y penser. Mais il était tout à fait possible que le pirate sévisse en dehors du bureau puisque Karyne travaillait sur un portable fourni par la boîte. Et non, pas possible d'installer légalement une caméra dans le bureau, pour des raisons évidentes dont les dictatures comme la Chine ou la Russie, pour prendre des exemples au hasard, se foutent éperdument. En piratant celles de la sécurité – jeu d'enfant, ai-je compris –, il faudrait se taper des centaines d'heures de plans fixes sur des corridors gris pour trouver des images desquelles on ne pourrait probablement rien déduire, sinon que certains vont souvent aux toilettes et que d'autres se grattent à des endroits stratégiques quand ils se croient seuls. On parlait d'un saboteur d'agenda, pas d'un tueur en série. J'ai proposé qu'on laisse tomber. Surtout que la piste Jean-Jean me semblait prometteuse. Je pouvais continuer de la travailler.

— Je peux faire quèque chose, mais je peux pas te dire quoi sinon… a lancé Étienne sans me regarder.

J'ai attendu le *sike !* les poings sur les hanches, comme une matante prête à se taper une bonne blague. Mais elle n'est jamais venue. Ils étaient sérieux. J'ai fini par murmurer un *OK* discret qui a scellé une entente dont j'ignorais les tenants et aboutissants. Ils m'inspiraient confiance, comme des bons bandits. C'est peut-être pour ça que je me suis permis de poser la question.

— Vous, là, vous êtes pas sur les réseaux sociaux, les gars ? J'ai rien trouvé sur Facebook.

Ça les a beaucoup fait rire, encore. Décidément, j'étais drôle, mais complètement larguée.

Après quelques déchicanages plus ou moins faciles en après-midi – des histoires de temps supplémentaire mal calculé aux entrepôts – et des séries d'entrevues d'embauche peu fructueuses pour Claudine, nous étions devant le mur de cubes de verre de l'Igloo, saucissonnées dans nos tailleurs que l'humidité avait pris d'assaut dès notre sortie du bureau. J'ai proposé un rapide aller-retour à la maison pour aller nous changer, mais Claudine avait soif et ne voyait de toute façon pas ce qu'elle pourrait porter de plus confortable, tous ses vêtements ayant étrangement rapetissé ces derniers temps.

L'hôtesse Julie nous attendait, heureuse d'être heureuse, dans sa belle robe soleil fleurie. Elle ressemblait aux femmes dans les annonces de lessive. Tout un contraste avec l'hôtesse de la dernière fois, qui ne portait qu'un mouchoir de poche et un sourire de *catwalkeuse*.

— Bonjour ! On vient rejoindre des collègues !

— Parfait, allez-y ! Bonne soirée !

— Est-ce que c'est encore possible de réserver une table pour souper ?

La section restaurant, délimitée par un mur de graminées qui tolérait de toute évidence très mal la canicule, était déjà bondée.

— Oui, je vous donne une pastille, attendez…

Dans le tiroir de son pupitre d'accueil sur lequel ne trônait aucun livre de réservations ou de cahier barbouillé, elle a pigé une sorte de petit frisbee noir à centre bombé.

— Voilà. Quand votre pastille s'allume, vous venez me retrouver ici, pis je vous donne votre table.

— Vous prenez pas notre numéro de cellulaire ?

— Pas besoin. Perdez pas votre pastille.

— Ah, OK. Ça va être long ?

— Le roulement est quand même bon ce soir, mais je peux pas vraiment vous dire à quelle heure ce sera votre tour.

Elle nous a montré le chiffre 22, inscrit en tout petit sous la pastille qu'elle s'apprêtait à ranger ; la prochaine table libre irait aux gens de la 23, qu'il lui suffirait d'activer grâce à une télécommande qu'elle gardait dans la poche de sa robe. Nous avions la 37, ce qui nous laissait amplement le temps de savourer quelques cocktails en promotion qu'elle nous a énumérés de sa voix chantante, pleine de vrilles, que je serais volontiers restée à écouter. Ma vie manque de concerts, j'ai pensé.

Claudine nous a commandé des gin-tonics concombres avant de me présenter à quelques cadres des autres divisions avec qui nous avons dû, conventions obligent, nous plaindre de l'insupportable chaleur, de la disparition des abeilles, de la guerre et du prix de l'essence. À la troisième gorgée de cocktail, la fatigue a déversé sa lave chaude dans mes jambes. Mes petites nuits venaient de se télescoper d'un coup. Et pas de Ji-Pi nulle part, même si indisponible, pour m'insuffler une dose d'adrénaline. J'ai coupé court à la non-conversation pour me réfugier sur un tabouret qui venait de se libérer en retrait, esseulé, à quelques pas des toilettes, comme si quelqu'un l'avait utilisé comme béquille pour s'y rendre. De là, pesamment posée sur mon popotin, je voyais mieux la foule de jeunes professionnels guindés qui s'efforçaient d'enterrer la musique en haussant le ton. Beaucoup avaient l'âge de mes enfants. Rien de nouveau, les 5 à 7 présentent toujours une faune sandwich essentiellement constituée de jeunes sans enfants et de vieux ayant fini d'élever les leurs, laissant ceux du milieu sous-représentés, comme le jambon dans la baguette, trop occupés par la survie de la marmaille pour venir boire une gorgée de paie avant que les comptes ne la siphonnent jusqu'à la lie.

— T'es là ? Maudite affaire, tu m'as fait peur !

Claudine avait un verre dans chaque main.

— Je pense que je vais rentrer, j'suis brûlée.

— Mais non, regarde, on a la pastille 28 !

— Tu l'as échangée ?

— Genre.

— Tu l'as volée ?

— Y avaient juste à pas la laisser traîner. J'ai fait un *switch* rapide, y ont rien vu, y boivent des Sex on the Beach en spécial.

Mon téléphone vibrait pour la énième fois, j'ai commencé à m'inquiéter. Pendant que Claudine essayait de me vanter les inénarrables qualités de son Cosmopolitain, évidemment en spécial, je faisais défiler mes notifications : Charlotte viendrait elle aussi souper samedi, Alexandre avait publié une nouvelle photo de profil depuis Manchester, mon rapport hebdomadaire établissait que mon temps d'écran avait augmenté de 32 %, Jacques voulait que je le rappelle pour les chèques, si possible aujourd'hui, les Incontournables d'Internet m'offraient dans une même phrase sans ponctuation un portrait un dossier sur les minimaisons la corruption au Québec cinq nouvelles recettes de trempettes aux épinards Sharon Stone ose le monokini à 56 ans, et Karyne m'écrivait, en majuscules, de toute évidence catastrophée, que notre rencontre de demain avait été effacée de son calendrier, comme je m'y attendais. J'ai quand même serré les dents.

— Bon, c'est mieux que je rentre, donne-moi tes clés.

— Mais je finis juste ces deux verres-là pis je rentre aussi. Fabio allait peut-être venir, mais y est pas là.

— Donne.

— Crisse de fatigante.

— Je t'aime aussi. Reste un peu, y va venir.

Les animaux de plastique faisaient sagement la file indienne sur le rebord de la fenêtre. Le rhino fermait la queue, fier d'être désormais traité comme les autres. J'ai demandé à Siri d'appeler Jacques pendant que je fouillais l'appartement à la recherche de Steve, qui avait l'habitude de venir m'accueillir.

— Allô Diane ! Je voulais juste te dire que tout est réglé pour les chèques.

— OK, c'est bon, parce qu'Antoine et Charlotte ont confirmé pour samedi soir. Alexandre va même se joindre à nous pour l'apéro, en virtuel. Je vais passer demain à ma banque pour signer la paperasse et ramasser les chèques, sur l'heure du dîner.

Je l'aurais cru sous le lit, dans la boîte à couvertures ou sur le matelas que je gardais pour les imprévus. C'est là qu'il se réfugiait généralement. J'ai soulevé les couvertures et les oreillers, par acquit de conscience. Pas dans la salle de bain non plus, sur son tapis poilu préféré. Impossible qu'il soit sorti par cette chaleur. Je l'aurais vu passer, de toute façon.

— Ce sera pas nécessaire, a fait Jacques doucement.

— Pourquoi ?

— Parce que les chèques visés sont déjà prêts, je suis passé les chercher.

— Faut que je signe quand même… Coudonc, y est où, ce chat-là ?

— Non non, c'est bon, je m'en suis occupé.

— Qu'est-ce que tu veux dire, tu t'en es occupé ? T'es pas un signataire autorisé sur mes comptes !

— J'ai pensé que je pourrais fournir ces montants-là moi-même, que ce serait mieux que tu gardes l'argent du divorce...

— QUOUA ? TU ME NIAISES ?

— Écoute, je me suis dit...

— NON ! Non non non ! Toi, écoute, toi ! C'est mon argent, MON argent, pas l'argent du divorce, ça fait pas faire d'argent à personne, un divorce, ça bouffe de l'argent, beaucoup d'argent, c'est tout ce que ça fait, tu demanderas à ton comptable de te sortir ta facture d'avocat si tu t'en souviens pas, ça existe pas, de l'argent du divorce.

— Diane...

— Pis tu m'as pas donné d'argent en divorçant, Jacques, c'était pas ton argent, on l'a gagné ensemble, avec nos jobs, en élevant nos enfants...

Ma voix s'est brisée, je me suis mordu l'intérieur de la lèvre pour dompter mon trémolo.

— Diane, j'ai pas voulu...

— Donc là, dans un premier temps, tu te torches avec tes ostis de chèques pis quand t'as fini, tu retournes à la banque. On revient au plan initial, des chèques communs avec notre argent respectif pis nos deux noms.

Et j'ai lancé mon téléphone sur le divan, à l'autre bout de la pièce. Il a frappé le dossier avant de couler entre deux coussins, à la verticale. Toute la violence que j'avais réussi à contenir pour ne pas crier m'est descendue dans les mains, qui ont d'instinct cherché et trouvé ma vieille masse. C'est la petite desserte de l'entrée qui a écopé, le dernier meuble de Blanche, une belle pièce aux pieds sculptés dans du bois de rose qui acceptait son rôle de vide-poche avec beaucoup d'humilité, sans se grafigner. Mauvaise place au mauvais moment, ma belle.

Au moment de lui donner le coup de grâce, j'ai entraperçu Adèle dans mon angle mort, les yeux catastrophés, un sac de plastique sur les cheveux.

— Mais quesse tu fais ?

J'ai regardé la table à moitié défoncée, mes mains, mon tailleur un peu trop chic, la masse. Adèle avait l'air découragée. Je ne lui faisais pas peur, c'était déjà ça.

— Je voulais l'arranger un peu…

— J'ai failli appeler la police, t'es *fucking* folle ! Donne-moi ça.

Sans résister, je lui ai tendu la masse et me suis effondrée sur l'ottoman, vidée.

— Je vais la réparer, Adèle, c'est pas grave.

— T'as même fait un trou dans le mur ! Tu devrais aller dehors pour décrisser tes affaires.

— Peux-tu arrêter de sacrer, s'il te plaît ?

Du gypse, comme au plafond. Aussi facile à réparer qu'à défoncer. Je me disais que le seul ennui dans la situation venait du fait qu'Adèle m'avait vue en crise, jusqu'à ce que je me souvienne que j'avais promis à Charlotte la desserte, dernier vestige matériel de mon mariage. Je l'avais assurée que j'en prendrais soin, comme des animaux qu'elle me confiait, en attendant qu'elle ait l'espace nécessaire pour la prendre.

— Merde…

— OK. C'est *chill*, y a pas de blessé. Veux-tu qu'on parle, Didi ?

Du sac qui lui couvrait très imparfaitement les cheveux sortait une mèche de couleur incertaine, à mi-chemin entre l'orangé et le saumon, raide comme du foin.

— Tu décolores pas tes cheveux, Adèle ?

— C'est mes cheveux.

— T'as mis une teinture rouge la semaine passée.

— Justement, c'est lette, je les *bleache*.

— Avec un produit de pharmacie ?

— Pas le choix, ma mère est trop *cheap* pour m'emmener chez la coiffeuse.

— Ta mère t'a dit d'attendre quelques semaines pour reposer tes cheveux, tu venais juste de les teindre.

— C'est trop long. Pis 'est pas coiffeuse, qu'est-ce qu'à connaît là-dedans, elle, reposer ses cheveux ?

— Je peux regarder ?

Elle se tortillait les doigts, mi-frustrée, mi-angoissée. Jacques m'est complètement sorti de l'esprit. J'ai défait l'un des nœuds du sac qu'elle avait maladroitement entortillé sur ses cheveux englués, soulevé quelques mèches pour me faire une meilleure idée de la texture, de la couleur, s'il était encore possible d'utiliser le mot. Les coordonnées inscrites sur le sac fondu s'étaient imprimées sur son cou. « Bah, une heure et demie », qu'elle m'a dit quand je lui ai demandé depuis combien de temps ça marinait.

— OK, on rince tout de suite.

— NON ! C'est pas encore décoloré comme y faut !

Je lui ai montré ma main pleine de cheveux en lui demandant ce qu'elle préférait comme coiffure, entre le coco et la perruque. Dix secondes plus tard, agenouillée en prière devant le bain, la tête offerte à la guillotine du pommeau de douche, Adèle hurlait pour que je la délivre, comme si le produit venait tout à coup de se transformer en acide. J'ai rincé à grande eau, longtemps, constatant avec bonheur qu'une bonne partie des cheveux semblait vouloir s'accrocher. J'y étais peut-être allée un peu fort avec mes images, elle pleurait comme une Madeleine.

Avec un peigne à grosses dents et un peu d'huile à cheveux blancs – j'ai seulement dit huile apaisante –, j'ai patiemment démêlé ce qui restait de sa belle tignasse, qu'elle avait abondante, heureusement, en prenant soin d'épargner son cuir chevelu plaqué de rougeurs inquiétantes. Devant le miroir, Adèle a nommé la couleur qui s'était finalement imposée. Elle parlait avec expérience, a-t-elle tenu à préciser. J'ai texté Sabrina, ma coiffeuse aux mains magiques, qui m'a rappelée dans la minute.

— Urgent comment ?

— C'est pour la fille de Claudine, sa plus jeune, tu te souviens.

— La petite baveuse ?

— Exactement, ai-je fait en écrasant mon téléphone sur ma joue. Décoloration maison avec des produits de pharmacie sur une teinture fraîche, maison aussi.

— Quelle couleur c'est rendu ?

— « Vomi de spaghettis aux tomates », qu'à dit.

— Pffff… 7 heures 30 demain matin, avant ma première cliente. Je vais voir ce que je peux faire.

Adèle ne s'était pas levée aussi tôt depuis des semaines, elle a eu le vertige en entendant la proposition. Un dernier coup d'œil au miroir l'a convaincue d'accepter.

— C'est parfait, merci Sab, je t'en devrai une.

Avec un peu de chance, elle ne croiserait pas sa mère avant l'opération de sauvetage. Je lui ai suggéré de rentrer, de se mettre une tuque et des écouteurs, de faire semblant d'être occupée si sa mère rentrait. Elle n'aurait qu'à se faufiler jusqu'ici aux aurores pour que je puisse la reconduire.

— Mais j'ai pas d'argent pour payer la coiffeuse.

— Je m'en occupe, ce sera ton cadeau de fête à l'avance.

— C'est pas de ma faute, ma mère me donne presque rien comme argent de poche.

— Mais pourquoi tu te trouves pas une *job*? C'est l'été, y cherchent du monde partout! J'ai rencontré un barista super fin, je pourrais lui demander...

— Mais j'ai juste l'été pour me reposer, justement! Je dors quand, moi, si je passe mes vacances à travailler comme une dinde pis le reste de l'année à l'école, à stresser pis à *rusher*? Après ça vous vous demandez pourquoi les jeunes font de l'anxiété! On a jamais de *break*, christi!

J'avoue: je n'ai pas lutté un instant contre le fou rire qui m'a prise. J'ai prétexté sans grande conviction la fatigue et le stress de la journée, ce qui ne l'a pas convaincue. Elle est partie en claquant la porte, marmonnant des sacres arrondis. J'essuyais encore la bouillie de fard et de mascara qui me coulait sur les joues quand on a cogné à la porte d'en avant. J'ai pensé qu'Adèle revenait pour finir de me dire mes quatre vérités, mais la majestueuse silhouette qui se découpait comme une ombre chinoise derrière la pellicule givrée ne correspondait pas. J'ai ouvert sans me méfier: Jacques. J'ai refermé d'un coup, comme on frappe la main baladeuse.

— Diane, donne-moi deux minutes, s'il te plaît.

— Va-t'en.

— S'il te plaît, Diane, deux petites minutes.

— NON, va-t'en !

— Diane, je pensais pas que...

— TU PENSES JAMAIS ! À PART À TOI, JUSTE À TOI ! TOUT LE TEMPS, C'EST ÇA LE PROBLÈME !

— Je m'excuse, Diane...

— J'EN VEUX PAS DE TES EXCUSES, JE VEUX JUSTE QUE TU DÉGAGES !

Adèle est apparue par la porte d'en arrière, essoufflée, sa tête vomie ébouriffée. Un cornichon dans une main, son téléphone dans l'autre.

— J'appelle la police ?

— Ben non, c'est Jacques.

— Jacques qui ?

— Mon mari, mon ex, tu le connais.

— Y te battait-tu ?

— Non, mais non, Adèle, voyons, on fait juste jaser. Veux-tu retourner en bas s'il te plaît ?

— Jaser, christi, tu cries comme une sans-génie, ça fait peur ! C'est à cause de lui, la table tantôt, c'est ça ?

— Venais-tu sérieusement me défendre avec un cornichon ?

— J'suis au régime, y a juste dix calories dans un cornichon.

— Bye, Adèle.

Jacques continuait de s'excuser dans le vide, il ne partirait pas. J'ai ouvert une brèche de six pouces dans laquelle j'ai avancé ma face.

— J'ai jamais voulu te blesser, Diane.

— Raté.

— J'ai jamais, jamais dit que c'était *mon* argent, c'est pas vrai, j'ai jamais dit ça, jamais.

— …

— Je le jure sur la tête de nos enfants. Mais je m'excuse pareil, peut-être que les procédures t'ont donné cette impression-là. Mais j'ai jamais dit ça.

C'était probable, en vérité, j'avais vécu mon divorce la tête dans le prisme déformant d'un aquarium érigé par mon cerveau pour y survivre. J'avais eu besoin de haïr Jacques pour réussir à signer les papiers, je m'étais peut-être forgé, oui, quelques arguments accommodants. C'était une chose que j'avais pu faire.

— On va dire.

— J'ai jamais dit ou pensé que je t'avais *donné* de l'argent en divorçant, jamais. Encore là, si j'ai dit quelque chose…

— OK, c'est bon.

— Je voulais juste que tu sois en meilleure posture… pour ta retraite, par exemple.

— Mes affaires te regardent pas, mêle-toi des tiennes, s'il te plaît. Tu me traites comme une enfant.

— J'suis désolé, Diane.

La lumière des réverbères lui mouillait le coin de l'œil. Il avait l'air exténué. Il m'a montré les chèques qu'il tenait à la main, avant de les déchirer en petites miettes et de les déposer dans l'embrasure de la porte, à mes pieds, pour que je puisse les récupérer sans mettre un orteil dehors.

— Je vais attendre que tu me fasses signe pour qu'on aille à la banque ensemble, comme convenu, j'suis vraiment désolé.

— Oui.

— Pour ça pis le reste, tout le reste.

— On est rendus ailleurs, Jacques.

J'ai doucement refermé la porte. Il n'y avait plus rien à dire, et mon humeur cassante écorchait le soir tendre qui nous offrait un peu de fraîcheur, pour changer. J'ai respiré profondément. Et réouvert.

— Jacques ?

Il s'est retourné en s'accrochant à la rampe, pour ne pas perdre l'équilibre. La soixantaine commençait déjà à lui donner des petites poussées dans le dos, du bout des doigts, certes, mais qui laissaient deviner les grandes jambettes qui s'en venaient. Son dernier accident de vélo lui avait aussi laissé quelques raideurs. Dans le moment, rampe ou pas, c'était encore un homme vif et solide, beaucoup trop séduisant. D'un microvacillement à l'autre, il se transformerait en vieille branche, comme tout le monde, mon chêne d'ex-mari, mais sur le coup, la dernière chose qu'il m'inspirait, c'était de la pitié.

— J'ai de l'armagnac.

Il n'a pas bronché, pas sûr de comprendre.

— Celui que t'aimes, en plus. Viens, avant que je change d'idée.

On est déchicaneuse ou on ne l'est pas.

De la bergère où il s'était assis, il regardait la table de sa mère à moitié démolie, le trou au plafond, celui dans le mur, les miettes de bibelots restées coincées dans les mailles du tapis de la cuisine, la masse couchée pas loin, en repos temporaire. Il a eu l'élégance de ne pas poser de questions. Je préférais de loin qu'il voie ça plutôt qu'un décor propret comme celui que je nous avais entretenu pendant vingt-cinq ans, convaincue de la nécessité de donner l'exemple aux enfants – suffisait de mettre le pied chez Antoine pour mesurer toute l'étendue de ma naïveté. C'est en partie par le langage que j'avais appris à m'affranchir de mon intérieur, grâce à la recommandation de Charlotte; je ne disais plus mon plancher est sale, mais le plancher est sale. Ça me regardait moins. C'était déjà ça.

On a parlé des enfants, en ordre de naissance, en refaisant la boucle plusieurs fois, les sujets étaient infinis, pleins de ramifications qui nous auraient tenus jusqu'au matin. Il n'y avait plus qu'eux entre nous, ils pouvaient prendre toute la place. Je ne l'emmerdais pas, il les aimait autant que moi. Rien ne m'avait fait autant de bien depuis notre séparation, ni les vacances ni les psys ni les massages, ni la combinaison de tout ça. Je me sentais apaisée. C'était bon. Ce que nous n'étions plus n'avait aucune importance.

Jacques reparti, c'est en suivant les billes cristallines des notifications de mon téléphone que j'ai retrouvé mon coloc sous les coussins. Sous le tissu diaphane sur lequel ceux-ci reposaient, roulé en crevette pour mieux se faire oublier, Steve le chat de poche, installé dans la doublure déchirée qui servait de hamac secret. J'ai posé ma main sur la petite bosse que formait sa tête dans le tissu. Il a soulevé doucement la tête sans ronronner. Ça n'allait pas.

Les chats se cachent pour la même raison que les oiseaux. Charlotte viendrait le lendemain dès qu'elle le pourrait.

7

Où j'ai des beaux cheveux.

Adèle avait changé d'idée, trouvait que sa tête de vomi lui donnait des airs d'anarchiste ; défier la science colorale en repoussant les limites du mauvais goût lui apparaissait comme l'ultime pied de nez au système. Si on m'avait demandé mon avis, j'aurais répondu qu'elle était seulement trop paresseuse pour se lever. Quand j'ai soulevé la question de l'engagement à respecter, elle m'a fait une face de tu-me-niaises-tu. J'ai donc pris sa place sur la chaise de Sabrina pour un *brushing* royal, histoire de ne pas l'avoir fait se déplacer plus tôt pour rien. On a convenu que « petite baveuse » était un peu faible, tout compte fait, et que « petite crisse » lui siérait mieux. Il m'est venu un petit élan de tendresse pour Laurie, dans sa campagne profonde, elle qui avait longtemps été « une petite crisse ». Ça passe, ai-je pensé.

J'étais beaucoup trop coiffée, donc quand Jean-Jean s'est pointé dans mon bureau, c'est ce que ses yeux plantés sur ma tête m'ont confirmé. Visiblement nerveux, il y trouvait au moins une diversion, a même cassé la glace en y allant d'un drôle de compliment – « Ça se tient bien, vos cheveux. » Comme une bigote dans un bordel, il chassait à petits coups secs des miettes imaginaires sur ses bras. Je l'ai confronté sans attendre.

— Tu dois avoir une idée de ce que je vais te demander ?

— Non.

— Karyne.

— Quoi, Karyne ?

— Parle-moi de Karyne.

Lui demander bêtement ce qu'il faisait dans son bureau la veille m'aurait condamnée à des banalités du genre « J'y ramenais sa brocheuse ». Avec une proposition un peu floue, il avait plus de chances de s'emmêler les pinceaux et de me révéler quelque chose d'intéressant.

— J'ai rien à dire sur Karyne.

— Ah ? Ben coudonc ! Et sinon, je me demandais, t'es bon, en informatique ?

— Je vois pas le lien.

— Pourtant…

J'ai laissé passer quelques secondes en souriant comme la sociopathe que je jouais de mieux en mieux avant de me lever pour le remercier : « OK. Merci d'être passé. » Il est resté assis, l'air grave, sans attraper la main que je lui tendais, les pupilles dilatées. Le ver sur l'hameçon le tentait.

— Je fais rien d'interdit, j'suis pas son patron.

Et il m'a déballé toute son histoire avec Karyne en quelques phrases entrecoupées de *je je je* bredouillés incapables de m'arracher une seule once de pitié. Je pouvais aller voir sous le buvard du bureau de Karyne, je trouverais le petit mot qu'il lui avait laissé la veille.

Lui et d'autres, probablement. Une histoire classique jusqu'au trognon, jouée dans toutes les tours à bureaux de l'Univers, et même au-delà. Je n'y avais même pas pensé. Il reconnaissait que ces attentions assidues avaient peut-être déconcentré un peu la jeune femme, qu'il méritait sûrement un peu du blâme concernant les rencontres oubliées… mais quel lien avec l'informatique ? m'a-t-il tout de même redemandé. Pour l'instant, je m'y perdais moi-même. Je l'ai donc libéré. L'enquête suivrait son cours en raclant le fond de la rivière.

Après une rencontre rapide avec une équipe de l'administration – deux TDAH à tendance mythomane dans la même équipe, dont un *fan* de Trump, leurs profils étaient éloquents –, je suis passée au café avant d'aller rejoindre mes troglodytes préférés. Le fichier qu'ils voulaient me montrer ne devait pas sortir de leur *bunker*, sous aucune forme. Je m'attendais presque à voir un corps coupé en petites rondelles dans des gallons de formol.

En guise de récompense, j'avais cette fois opté pour des beignes plus classiques, de pures éponges de gras et de sucre absolument délicieuses. Et des cafés vanille française, vraiment meilleurs, selon eux – mon barista préféré, qui s'appelait Lapis-Lazuli ce jour-là, n'était pas tout à fait d'accord. J'avoue : j'avais pris une petite gorgée dans l'un des verres, pour savoir, avant d'essuyer minutieusement le bec avec un mouchoir. Horriblement sucré, pas buvable. À chacun ses goûts.

— Regarde ça, madame.

Une mosaïque faite de centaines de minuscules photos s'étendait sur les deux écrans de Dylan, comme un papier peint ennuyant. Ça m'a pris un temps pour comprendre que je regardais essentiellement la même photo de Karyne, répliquée à l'infini.

— Ça sort d'où, ces photos-là ?

— Caméra de son ordi, toutes les deux minutes.

— Mais comment ?

— Magie magie, madame. Regarde ici, ça change, pis ici aussi.

Une fois les photos agrandies, j'ai mieux vu que plusieurs images étaient différentes, en effet. Certaines présentaient des bouts de corps attrapés au vol, des bras, une manche de veston, des écrans vides, des lumières changeantes, d'autres visages, puis un visage précis qui revenait, encore et encore…

— *Fuck !*

J'ai regardé les heures inscrites sur les photos et rédigé quelques notes mentales avant d'assister à la destruction du fichier. Pas question que j'en prenne une photo ou que j'en fasse une copie. Personne n'avait jamais fait ça dans leur service. Les gars ne me connaissaient même pas, on ne s'était jamais rencontrés. Aucun billet ne nous liait. Magie magie.

Ils m'ont chaudement remerciée pour les beignes, même s'ils étaient à la courgette et au basilic. Ça ne goûtait même pas.

— Beaux cheveux, madame.

— Oh ! Merci !

Claudine s'est trouvé un prétexte pour raccrocher quand elle m'a vue arriver.

— Adèle m'a conté pour Jacques, la chicane, toute la patente. À l'a pas vu ressortir de chez vous. Dis-moi pas que t'as couché avec…

— Ben oui, pourquoi ?

— MAIS T'ES MALADE ? C'EST UN MAUDIT CROSSEUR ! Y T'A MENTI, Y T'A TRAHIE…

— Dépompe, c'est une blague. On a juste pris un verre. Pis même si je couchais avec… Faut ben coucher avec quelqu'un, à un moment donné.

— Pas avec son ex ! Avec n'importe qui, mais pas avec son ex, jamais !

Elle s'est laissée choir dans sa chaise, qui a sévèrement couiné.

— Ça sent la marde à plein nez, ton affaire…

— T'es rentrée tard du 5 à 7, finalement ?

— Pas trop, non. Pis en taxi, vu que tu m'avais volé mon char.

— Fabio ?

— Non. Pas venu. Mais Ji-Pi, oui, avec sa belle petite face mangeable. Y veut te parler, d'ailleurs. Je sais pas de quoi. Pis le *boss* a rappelé pour son gendre. Y insiste, on aura pas le choix, faut *flusher* quelqu'un.

— Pas dans l'équipe du marketing, c'est *no* !

— C'est un vrai génie, y a de la cervelle qui y sort par les oreilles, à ce qu'y paraît. Einstein aurait l'air d'une palourde à côté.

— On peut se débarrasser du complotiste de l'admin pis le caser là.

— Quel complotiste ?

— Peter, le gars avec des cheveux greffés, tu liras mon compte rendu. Sur le gars, pas les cheveux.

— Pis toi, d'ailleurs, c'est quoi ces cheveux-là, à matin ?

— Ah, ça, longue histoire. Là j'ai pas le temps, j'étais juste venue t'avertir que je m'apprête à faire des entrevues un peu corsées dans l'équipe de Karyne, je viens juste d'apprendre de quoi de ben intéressant.

— Quoi ?

— Karyne a posé sa candidature pour être superviseure de son équipe de gestion de projets.

— Et ?

— Y a quelqu'un d'autre d'intéressé dans le même département.

— Qui ?

— Devine.

Plutôt que de monter à l'étage de la comptabilité pour voir Ji-Pi, comme chaque fois que je trouvais un prétexte pour le faire, je me suis seulement contentée d'un laconique texto : « Tu voulais me parler ? » Il y a des limites à tourner le fer dans la plaie. Tant pis pour lui, il ne verrait pas mes beaux cheveux.

En passant devant le bureau de Nathalie, j'ai pu constater que les barres résilientes et les plexiglas avaient été installés comme convenu avec Fernand. Ça faisait un peu science-fiction, très pandémie, on poserait moins de questions. Bon temps pour les électrosensibles.

Détour par le corridor logeant les gestionnaires de projets : Carole avait pris son vendredi, comme elle le faisait souvent en utilisant ses heures supplémentaires. C'était une abonnée aux 8 à 18, ce qui lui permettait de ne travailler que quatre jours. Elle devait avoir un chalet quelque part, sur le bord de quelque chose. Je viendrais la voir lundi, à la première heure. Rien de ce dont nous devions discuter ne pouvait se mettre à l'écrit.

Peu après, Karyne avait le caquet bas quand elle est entrée dans mon bureau, pour notre fameux rendez-vous annulé pas annulé. Jean-Jean lui avait forcément parlé de la mise au jour de leur relation. Je brûlais d'envie de lui demander ce qu'elle faisait avec un bonhomme pratiquement de l'âge de son père, ni riche ni puissant, pas même charmant. Je me suis doublezippé la morale maternelle pour m'éviter un dérapage. Ce qui m'intéressait pour l'instant était d'un tout autre ordre.

— Ça me regarde pas, Karyne, ton histoire avec Jean-Jean. Les amours au bureau, c'est fréquent. Je dis pas que c'est simple, juste... fréquent. Tant que vous baisez pas dans les toilettes sur les heures ouvrables.

Elle a ri beaucoup trop nerveusement pour que ce ne soit jamais arrivé. J'ai réprimé un petit sourire de dégoût.

— Je viens d'apprendre que tu veux le poste de superviseure ?

— Euh... oui.

— Wow ! T'es au département depuis... huit mois, je pense.

— L'affichage précise pas l'ancienneté requise. C'est ouvert à tout le monde, non ? Pis c'était pas mon idée.

— Laisse-moi deviner... Jean-Jean ?

Elle s'est tordue d'un rire gêné, comme si je venais de l'attraper en train de chanter. J'imaginais l'autre mononcle, dégoulinant de concupiscence à l'idée de baiser sa *boss*, dans des scénarios de porno poche. Décidément, l'histoire me plaisait de moins en moins.

— Bon, c'est ben l'*fun*, tes amourettes, mais c'est pas pour ça que je voulais te voir.

— Ah ?

— Revenons à nos moutons : est-ce que tu verrouilles ta session quand tu quittes ton poste de travail, mettons pour aller aux toilettes ?

— Non, mais ma session se ferme automatiquement après dix minutes.

— Ça laisse dix minutes.

— Ouin…

— Est-ce que tu sais si quelqu'un au bureau a accès à tes mots de passe ou à ton poste de travail, directement ?

— Euh… je sais pas, me semble que non. Pourquoi ?

Oh, je ne sais pas… Parce que Carole avait formé Karyne pendant plusieurs semaines à son arrivée, qu'elle continuait de l'aider à l'occasion, et qu'elle visait le même poste de superviseure que sa protégée ? Ce jeu de pouvoir, si évident maintenant que j'avais eu sous les yeux des photos de Carole en pleine action, penchée sur l'ordinateur de Karyne, m'avait complètement échappé depuis le début. Endosser le rôle trop classique de la vieille coiffée au poteau par la petite nouvelle, pas question pour Carole. Aucun risque à courir. D'où les coups de couteau dans le dos, à répétition. Faire de l'ombre au lieu de se mettre en lumière. C'est un choix comme un autre. Mais voilà, impossible de partager avec Karyne ce que j'avais vu sans que Dylan et Étienne risquent de mettre leur menace floue à exécution. Mon plan : rester vague, encourager des comportements prudents.

— On va te demander de changer tes mots de passe deux fois par jour en attendant qu'on finisse l'enquête, d'accord ?

— Je me fais pirater, c'est ça ?

— C'est une des pistes étudiées.

— Mais pourquoi ? Par qui ?

— Je sais pas, c'est ce qu'on essaie de comprendre. On travaille fort pour tout démêler.

— Mais vous allez faire quoi ?

— Appliquer le protocole, Karyne, ai-je fait le plus sérieusement du monde.

Une fois un peu rassurée par l'issue de l'affaire – le mot « protocole » avait décidément fait effet –, Karyne ne s'inquiétait plus que d'une chose : pourrait-elle continuer de fréquenter Jean-Jean, si elle devenait superviseure, vu sa position d'autorité sur lui ? Pour ne pas m'étouffer, je lui ai craché quelques vieux adages – on verra dans le temps comme dans le temps, on traversera le pont une fois rendus à la rivière – pour ne pas lui révéler le fond de ma pensée : elle ne deviendrait pas superviseure avec moins d'un an en poste et Jean-Jean ne tarderait pas à l'échanger contre la saveur du mois. Cynisme dont elle n'avait absolument pas besoin.

Un coup de fil de Charlotte m'a ramenée aux choses pressantes : elle avait emmené Steve à la clinique, où on avait procédé à une batterie de scans. On ne pourrait rien régler avec des antibiotiques, son intestin s'était tordu, puis nécrosé, et la morphologie charcutée de son corps rendait l'opération impraticable. Ce n'était pas ma faute, non, je ne pouvais pas savoir. Ce serait arrivé même si j'avais passé la journée à le regarder, tentait de me rassurer Charlotte.

— Tu y as donné une super belle fin de vie, maman.

— C'est fini fini, y est mort ?

— Non, pas encore. Peux-tu venir ?

— Pour la piqûre ?

— Hum hum.

J'ai déposé mon front sur le cadre de porte le plus près.

— T'sais Charlotte, je me plaignais souvent d'être pognée avec Steve, mais...

— Tu l'aimais beaucoup, je sais maman. Lui aussi. Je te jure.

Le visage souriant de la gentille adjointe administrative de la clinique s'est endeuillé en me voyant entrer, ça devait se voir que j'étais venue pour achever mon chat. Dans la petite salle où elle m'a conduite, un grand gars barbu manipulait des seringues au-dessus d'une table en acier inoxydable et Steve était couché sur les genoux de Charlotte, dans sa petite couverture préférée. Il a bougé sa tête dans tous les sens pour la lover parfaitement au creux de ma main. Les yeux fermés, le corps à l'abandon, il ronronnait, comme si tout allait bien dans le meilleur des mondes. Mon chat, mon petit chat de poche, mon amour.

— On y a donné des calmants, y a pas mal, inquiétez-vous pas.

Je pleurais déjà beaucoup trop pour me permettre autre chose qu'un hochement de tête. L'homme s'est agenouillé devant Charlotte, a posé une main sur Steve, l'autre sur mon avant-bras, comme si nous formions une sainte trinité. À ce stade-ci, c'était nous, les patientes.

— Je vais commencer par l'endormir, avec une première injection. Après, une deuxième injection, pour l'aider à partir en douceur. Y sentira absolument rien. Est-ce que ça vous va ?

Des rouleaux de grosses larmes chaudes ont fait des embardées au-dessus de mes cils. Charlotte a attrapé ma main, qu'elle a serrée fort. Ses yeux étaient pleins de tristesse, mais elle tenait le coup. Elle était forte pour moi, comme une mère. Ça m'a encore plus remuée. Le vétérinaire a pris une petite voix de confessionnal.

— Je vais malheureusement devoir vous demander de régler avant, en dégainant de son sarrau une machine Interac sans fil qui, malgré son format réduit et son design épuré, restait un bras de banque. Je suis vraiment désolé, c'est une politique qu'on n'a pas eu le choix d'instaurer.

J'ai glissé ma carte sur le lecteur sans lâcher Steve des yeux. Je resterais avec lui, dans le moment, envers et contre n'importe quelle machine. Je l'ai pris dans mes bras une fois qu'il a été endormi. C'était le même Steve, plus calme, les oreilles et le cœur au repos, le corps mou. Un chat de poche toutou.

— J'ai combien de temps avant qu'y durcisse ? ai-je réussi à demander entre deux sanglots.

— Deux-trois heures, prenez votre temps, madame.

Un technicien est ensuite venu le chercher, prenant soin d'emmitoufler son corps sans lui couvrir la tête, comme un bébé qu'on se prépare à déposer au berceau. Une belle mort, oui, mais une mort quand même, une autre fin d'histoire, un autre départ, une autre ride.

Mes bas de rideaux ne seraient plus pleins de poils et le petit rhinocéros en plastique ne se sentirait plus jamais rejet. La vie serait un peu plus beige, et moi, un peu plus seule. La mort est faite de silence et de couleurs drabes.

J'ai roulé en multipliant les détours pour me donner le temps de me calmer. Les gens souriaient sur la rue, la vie continuait, étrangement. J'étais prise du même étonnement hagard quand je souffrais d'une sciatique aiguë et que je voyais les autres marcher normalement. Le texto de Claudine, empreint de sa tendresse naturelle – « Tu t'es-tu encore perdue, coudonc ? » m'a un peu délivrée de mon marasme. Je suis rentrée.

Charlotte, qui était revenue avec sa propre auto, m'attendait dans la ruelle, avec sa face de coupable. J'ai rapidement fait le tour de ce qui pouvait constituer un irritant en balayant les environs, sans rien trouver. Mes torrents de larmes m'avaient lessivé le cerveau. Je ne voyais pas ce qui pourrait me déranger après ce que nous venions de vivre. Jusqu'à ce que mes yeux tombent sur le plus beau bébé Golden de l'univers.

— J'ai pas eu le choix de l'emmener, Cathou est pas capable…

Si la propre coloc de ma vet de fille ne pouvait pas le supporter, les choses s'annonçaient mal.

— Dominique travaille, je pouvais pas y laisser non plus. Mais inquiète-toi pas, Doum va se libérer pour le souper de demain, y va être là.

— Oh, ça m'inquiète pas, ma belle.

Le chien s'était mis à courir après une feuille que le vent roulait dans la garnotte.

— Mais j'ai jamais dit que je voulais pas que tu viennes avec Fiouze, ma cocotte, j'suis contente de le voir, je voulais juste pas que tu… Hon, oh non, c'est ça, tu vas me le laisser ?

— Juste deux-trois jours, *mom*, j'ai mon stage qui commence...

Je le savais depuis le début, c'était écrit dans le ciel. Petite, Charlotte avait commencé sa carrière de sauveuse avec des vers de terre à moitié séchés. Les oiseaux hamsters furets lézards alouette avaient suivi, selon ses pérégrinations dans le quartier et ses amitiés - Noé et Charlotte, même combat. Puis les chats, des tonnes de chats, qui n'étaient jamais que de passage parce que Jacques. Si elle avait vécu au temps des dinosaures, ils ne se seraient pas éteints.

— T'as recommencé à faire des améliorations locatives, maman ? a fait Charlotte en entrant.

J'avais complètement oublié la desserte partiellement démolie. Et les trous.

— Ah, un petit accident.

— C'est quoi, ce bordel-là ? La table est pétée !

— C'est un peu plus compliqué que ça. Je vais la faire réparer, inquiète-toi pas, tu vas l'avoir comme prévu.

— Fais-le pas pour moi, j'y tenais pas tant que ça.

N'empêche, je me suis sentie coupable, un peu honteuse aussi, juste assez pour avoir besoin de redorer mon image de bonne mère.

— Je verrai ce que je peux faire, pour le chien, pour te dépanner, en attendant. Mais qu'on s'entende tout de suite, ça sera pas Fiouze, son nom.

On s'est fait venir du Pierrot pour souper, du bon gras à saveur de nourriture, qu'on a fait descendre avec une bouteille de solution temporaire pour mieux oublier qu'on se détruisait le corps et le cerveau. La règle de trois ne s'applique jamais les jours de catastrophe, pas plus que les jours de grande joie; on réserve le même sort au bonheur et au malheur, par souci d'équité. Claudine m'a opposé une résistance toute vaporeuse, sans parvenir à me convaincre qu'elle avait réellement envisagé de ne boire que de l'eau un vendredi soir. Elle comptabiliserait quand même la soirée dans ses trois jours d'abstinence, sa mauvaise foi le lui permettait.

Pour convaincre Adèle d'accompagner Charlotte pour la promenade de Fiouze, Claudine a mis *What a Feeling* en esquissant les premiers pas de sa célèbre chorégraphie. On s'est retrouvées seules, dans le soir tombant, enveloppées dans nos chairs confortables.

— C'est vraiment plate pour ton chat.

— Y va me manquer, le petit maudit. Pis c'est de ma faute.

— Non, c'est pas de ta faute. Concentre-toi sur le positif.

— C'est quoi le positif dans un chat mort?

— Rien. Mais t'as des beaux cheveux.

— Y seront pus beaux demain.

— Dors assise, pour garder le pli, ma mère faisait ça.

— *Fuck* le pli!

— Wow! Ça ferait un bon t-shirt, *Fuck le pli.* Ou un livre jeunesse, l'histoire d'un pli qui s'appelle Fuck.

— C'est féminin, une plie, Fuck la plie.

— On garde le t-shirt.

Sur mon téléphone, un texto de Ji-Pi.

Je te prendrais le nom
de ton agent immobilier.

J'avais espéré autre chose, malgré tout, même s'il n'y avait jamais rien eu d'autre entre nous qu'un fantasme nourri de presque rien, d'une pression de doigt. Il y avait des tonnes d'hommes au bureau, plein de nouveaux, des vieux des jeunes ; les petits tremplins ne manquaient pas. Je lui ai transféré la fiche de mon Stéphane, mon *dealer* de maisons avec une tête de prof de philo. À preuve, il ne dit jamais « beau produit » pour parler d'une maison et se promène en vieille Subaru.

Dans la chambre d'amis, Fiouze avait posé sa tête sur l'oreiller à côté de Charlotte, comme un enfant. Une bise sur le front pour chacun. J'ai ramassé les petits animaux de plastique qui ne seraient plus jamais dérangés et me suis promenée un moment avant de me décider pour la jarre à biscuits. Ça leur ferait une belle grotte secrète, tapissée de miettes sucrées. Mais à une heure du matin, réveillée par une étrange forme de scrupule, je suis retournée les réinstaller sur le bord de la fenêtre, où Steve savait les trouver pour leur volée quotidienne. J'ai respecté les rangs dans la file, pour ne rien troubler de l'ancien ordre du monde qui était peut-être toujours en marche. Au fond, on ne sait pas vraiment, pour les fantômes.

Je suis sortie sur la terrasse pour prendre le pouls de la nuit. J'ai attendu un moment, me suis concentrée sur les sons montant du garage, puis j'ai entendu : « Ce soir l'amour est dans tes yeux, et demain matin m'aimeras-tu, un peu... » Du Martine, trop mignon.

— Bonne nuit, Steve.

8

Où je me mets les deux pieds dans la bouche.

On s'est fait prendre par une préposée attentive avant même d'atteindre le corridor des chambres. Charlotte m'avait pourtant assuré que Fiouze ne lâcherait pas un son, installé au fond du sac de sport comme dans un nid douillet. Évidemment, les papiers officiels pour notre « chien de thérapie » n'étaient pas encore prêts : c'est mon gendre adoré qui s'en chargeait.

— Y a quoi, dans ce gros sac-là ?

— Une surprise pour Madeleine.

— Toujours ben pas un chat ?

— Non, non non, le nôtre est mort hier, d'ailleurs, ai-je fait avec un air grave. C'est juste le plus mignon bébé Golden de l'univers, avec un cœur malade, condamné à plus ou moins long terme, comme notre amie Madeleine, qu'on vient visiter.

Quand il faut attendrir, pourquoi se ménager la tournure, même si affirmer qu'une femme de 94 ans est condamnée dans un avenir plus ou moins lointain n'entre pas dans la catégorie des déclarations-chocs. J'ai entrouvert le sac pour montrer la merveille, dans un élan manipulateur parfaitement calculé ; la femme en uniforme a fondu debout, comme un cierge en pleine canicule, plongeant ses deux mains dans le sac en gloussant de plaisir. Quel humain le moindrement équilibré peut résister à un bébé chien ? Carmen a tenu ensuite à nous escorter jusqu'à la chambre, comme si nous trimballions un cœur à transplanter.

Madeleine aux mains en papier de riz nous attendait, belle du jour dans sa robe du dimanche, les yeux débordants d'amour, trois verres vides sur sa table de chevet, prêts à recevoir les collations dont elle avait réussi à faire provision durant la semaine. Son doigt, tout menu, une fine baguette que le seul mouvement de l'air aiguisait de jour en jour, pointait en direction du coin salon – deux chaises en cuirette autour de ce qui avait été une table à cartes –, habituellement vide. Là, une toute petite femme ronde avec un chignon sur la tête se faisait aller l'économe en souriant. À ses pieds, une poche de cinquante livres de pommes de terre à gauche et une poubelle.

— Oh ! La belle visite !

Sans lâcher son outil, elle est venue nous accueillir, heureuse comme à Noël. Elle m'a d'abord serrée dans ses bras puis s'est arrêtée devant Charlotte, émerveillée.

— Ma belle enfant... c'est ta fille ? m'a-t-elle demandé.

— Oui, c'est ma fille.

— Pis toi, t'es ma fille ?... Belle de même, ça se peut même pas...

J'ai jeté un œil à Madeleine, qui faisait oui de la tête.

— Belle comme sa grand-mère.

La tête curieuse a pivoté vers la fenêtre, comme si elle venait d'entendre un bruit. Ses yeux ont sauté de la vitre à sa station de travail, où elle est retournée s'installer en marmonnant. Ses petits doigts boudinés se sont remis à déshabiller les patates à une vitesse impressionnante. Madeleine a tapoté le coin de son lit.

— C'est Claire, avec qui je partage la chambre.

La coloc a levé les yeux sans arrêter de faire tourner le légume, nous a vues installées sur le lit de Madeleine.

— Ah ben, de la belle visite !

— Oui, c'est mes amies.

— C'est donc ben fin, ça, de la belle visite…

Et elle s'est remise au travail sans rien ajouter, concentrée sur les yeux de pelures qu'elle faisait sauter avec le bout de son instrument. Madeleine a murmuré.

— À prépare son souper, à pense qu'est chez elle. Y manque de monde aux cuisines, ça tombe bien.

— Quand y a pus de patates, à fait quoi ?

— Les carottes pis après les navets. Pour la macédoine. Y nous laissent pas les couper, juste éplucher, à cause des couteaux.

— T'épluches, toi aussi ?

— Un peu, quand j'suis pas trop fatiguée. On en profite pour jaser…

Elle pouvait lui raconter ses histoires préférées autant de fois qu'elle le voulait, parler jusqu'à plus soif de tous les chats qu'elle avait hébergés, de ses fils morts trop tôt, du bon dieu qui n'existe pas. C'était comme avoir une inépuisable banque de psys pour elle toute seule, la répétition n'embêtait pas Claire. Mais Madeleine aurait préféré changer de rôle avec elle, ne serait-ce que pour pouvoir oublier, l'espace d'un instant, l'absence de ses fils. Une partie de son âme était morte avec eux, alors que son corps s'entêtait, encore et encore. Défaut de fabrication, qu'elle disait, imputable à un créateur cabochon.

— Oh ! mon dieu ! C'est quoi ça ?

Fiouze venait de déposer sa face de petit blanchon sur le bord du sac, la langue pendante. Charlotte l'a pris dans ses bras pour permettre à Madeleine de le flatter sans risquer qu'un geste brusque du chien la blesse.

L'infirmière avait eu un petit rire découragé, la dernière fois, quand je lui avais demandé si son état allait bientôt s'améliorer : « Madame, s'améliorer... » Les pièces étaient finies, son corps s'émiettait, on ne savait juste pas lequel des organes s'arrêterait en premier. Avec un peu de chance, elle finirait seulement emportée par une longue sieste. À voir Fiouze se laisser flatter sans résister, on aurait cru qu'il avait compris. Une main dans le poil, l'autre sur sa cage d'os pour contenir l'emballement de son cœur, Madeleine déroulait des chapelets de petits noms cutes. Elle avait toujours rêvé d'un chien. Ça aurait pu la tuer, nous n'y avions pas pensé.

Claire s'est approchée à son tour, nous a demandé si c'était son chien, à elle.

— Ben oui, c'était l'heure de sa marche.

On a joué le jeu, ça ne servait absolument à rien de lui dire autre chose, pour l'heure, c'était son chien. Hors de son champ de vision, il n'existait plus, quand il réapparaissait, c'était le sien. Point.

Nous avons pris la collation spéciale – Madeleine passait la semaine à cacher les biscuits qu'on lui servait comme desserts pour pouvoir nous les offrir quand nous venions la visiter – avant de repartir, au grand désarroi de Claire, qui tenait à ce qu'on reste à souper, peu importe qui nous étions. C'était bon de voir rire Madeleine.

— Votre chien a besoin d'aller faire pipi, Claire, on le sort pis on vous le ramène.

— C'est mon chien ? Ça serait fin, en tout cas, ben fin.

Pendant que Charlotte s'occupait de réinstaller le chien dans son sac de transport, Madeleine a fermé ses deux petites mains sur mon bras pour m'amener à elle et me chuchoter à l'oreille.

— As-tu trouvé un homme pour toi ?

— Non. En fait, oui, mais celui que je veux est déjà pris.

— On pourrait le déprendre ?

— Je pense pas.

— Avec des ondes. Y m'en reste plein que j'ai pas utilisées.

— Des ondes ?

— Laisse-moi faire. Dis-moi juste son nom.

Dans l'auto, Charlotte m'a avoué que, même sans le vouloir, elle avait tout entendu de notre conversation. Évitant le cœur du sujet, j'ai tenté un petit détour.

— Les ondes, c'est comme son dieu…

— Hum. Ji-Pi, comme ça ?

— …

Je me suis arrêtée au Grand Marché dans l'espoir de dénicher des fenouils potables pour ma recette d'osso buco. Ce n'est pas parce que j'avais accroché mes chaudrons depuis un moment qu'on ne se délecterait pas d'un de mes classiques. Mes jarrets d'agneau barbotaient dans la mijoteuse depuis le matin et j'avais dégelé une grosse portion de chili végé pour les pas viandeux. Avec des bonnes tomates de terrasse, des perles de boconccini et du basilic, je pourrais nous faire une belle entrée fraîche. Avec les miens revenait toujours le goût de cuisiner.

En fin d'après-midi, tout le monde est débarqué, même Dominique, qui avait contre toute espérance – la mienne, du moins – réussi à finir sa journée plus tôt. Les mains vides, au grand désarroi de Charlotte, qui lui avait demandé d'apporter une bouteille de vin. « Au moins une baguette », Doum, qu'elle lui a dit doucement, en posant ses lèvres sur son front. Je préférais de loin rien à une piquette qu'il aurait fallu vider en douce dans l'évier. Il a fait une moue que j'aurais traduite par « Pas de ma faute, j'ai oublié », avant de se diriger d'un pas décidé vers la mijoteuse que je n'ai pas pu défendre à temps; il a levé le couvercle comme le vent soulève les jupes, et ses doigts poisseux ramenés en pince se sont emparés d'une belle grosse languette d'agneau croustillante, qu'il a dégustée en étirant son plaisir et beurrant le comptoir. Le « Gros dégueulasse ! » généré automatiquement par mon cerveau s'est transformé en « Grand tannant ! » à la sortie, heureusement pour tout le monde. La civilisation n'est rien d'autre qu'une opération de filtrage de la boue de cervelle. Il a recraché un petit morceau en riant. À Claudine qui n'avait visiblement rien manqué de la scène, j'ai seulement dit: « Ça me prend vraiment le modèle qui verrouille. »

Même s'il faisait nuit à Manchester, Alexandre et Justin se sont pointés pile-poil à l'heure pour l'apéro, vêtus de belles chemises colorées. Ils s'étaient préparé une assiette de fromages pour nous accompagner. À leur demande, on leur a fait un gros plan de l'intérieur de la mijoteuse pour qu'ils puissent voir, à défaut d'avoir la chance de goûter.

— Je vous en ferai du vrai, avec de l'agneau, quand vous serez ici.

— C'est pas de l'agneau, ça ? a fait Doum contrarié.

— Non, c'est du porc. Tu y as goûté sans t'en rendre compte, ça doit pas être si pire.

Antoine et Malika avaient vendu leurs laveuse et sécheuse avant d'avoir reçu les toutes neuves, dont la livraison venait d'être retardée pour une troisième fois. La pandémie, la guerre, le canal de Suez, la carpe asiatique, on leur avait servi toute la gamme des plaies d'Égypte. Deux semaines plus tard, les tiroirs étaient vides, le lit, odorant. Ils étaient donc arrivés chez nous chargés d'une bonne bouteille de cahors et de trois gros sacs-poubelle pleins de linge et de draps à laver. Antoine m'avait parlé d'une petite brassée dans le texto qui annonçait leur arrivée ; dans la vraie vie, il y avait de quoi en charger une demi-douzaine, sans compter les vêtements de peinture qu'il faudrait essayer de sauver. Mais au fond, comme l'a fait remarquer Antoine : « C'est la machine qui lave, qu'est-ce que ça peut bien changer ? » Ils mettaient tout à la sécheuse – bobettes en soie, nappe en dentelle, fins lainages – ne pliaient jamais leurs vêtements, se contentaient de piger dans le panier de propre les vêtements nécessaires. Alors oui, dans leur cas, c'était un travail de machine.

— Charlotte, viens chercher ton chien, s'il te plaît, j'ai peur qu'y pisse dans le linge.

— Y est déjà sale, le linge.

— S'il te plaît…

J'aidais Malika à trier les couleurs dans le tas pêle-mêle jeté sur le plancher de la salle de bain – les poches étaient pleines d'emballages de barres tendres, d'écales de pistaches, de Kleenex séchés, de pics à dents – quand j'ai vécu une foudroyante épiphanie. Venant de trouver dans la pile un chandail moins sale que celui qu'elle portait, Malika s'était retrouvée les bras croisés dans les airs pour enlever le pas propre et mettre l'autre. C'est là, voyant de près ce qui restait habituellement caché, que j'ai réalisé ce que j'aurais franchement dû deviner avant, parce que tellement évident. S'ils transformaient tout à coup leur appartement, eux si bien dans la surcharge, et s'il leur fallait une plus grande laveuse, c'est que quelqu'un s'apprêtait à débarquer, un tout petit quelqu'un qui prendrait énormément de place et qui se pointait déjà dans le magnifique rebondi du ventre de ma belle-fille. Grand-mère, mon dieu, déjà, grand-mère, j'allais être grand-mère. Le vertige m'a sciée, je suis tombée à genoux dans le linge sale. Malika a eu peur, elle a crié en m'attrapant par les bras. Crise cardiaque, anévrisme, AVC, peu importe. Tout le monde est accouru. J'ai eu un moment de flottement bienheureux qui s'est dissipé au mot « ambulance ».

— Non non, pas d'ambulance, ça va, j'suis là, c'est juste… l'émotion. Je viens de voir…

Et j'ai pointé le ventre de Malika, qui finissait d'enfiler un t-shirt jaune, pas nécessairement moins sale.

— Tu y as dit ? a demandé Antoine à sa blonde.

— Non, pas encore.

— Mais non, mon amour, ça se voit. Pis j'aurais dû deviner avant, la chambre, la laveuse, le gros ménage…

Je me suis levée pour le prendre dans mes bras. Je n'ai pas pu me retenir de pleurer.

— Mais pourquoi tu pleures, maman ?

— C'est tellement une belle nouvelle, je m'attendais pas à ça, mon coco, tellement pas ! J'y avais même pas pensé, j'suis tellement contente pour vous autres…

— Euh… OK. Merci. T'es pas genre… jalouse ?

— Jalouse ? Moi ? Mais non ! Mais voyons ! Jamais de la vie, Antoine…

Personne ne comprenait ce qui se passait, Malika non plus, dont le front traduisait quelques signes d'inquiétude. Même Claudine me faisait des gros yeux interrogateurs, derrière ma bru. C'est seulement là que j'ai remarqué les tapotements légers d'Antoine dans mon dos, des petits « Ben voyons » complètement en inadéquation avec l'émoi dans lequel j'étais plongée. Seule. J'ai regardé Malika, son ventre, Antoine, les autres, empilés dans le cadrage de porte, encore le ventre, Antoine, le bébé chien dans le linge sale, le ventre, Antoine…

— Pourquoi je serais jalouse d'un bébé ?

— Quel bébé ?

Un plein chargement de glace dans le dos, la honte totale. Tétanisée sur pieds par ma bourde, la face dans les mains, j'essayais de disparaître. J'aurais tout donné pour revenir quelques minutes plus tôt, reprendre la scène, ne pas voir la petite bedaine de Malika. Ne jamais supposer qu'une femme est enceinte avant qu'elle en fasse l'annonce elle-même, jamais, au grand jamais, malgré toute forme d'évidence, c'est une loi universelle que personne n'écrit parce qu'elle est connue. Statistiquement, déjà, ça ne passe pas : une écrasante majorité de gros ventres ne cachent pas de bébé, proportion qui s'accroît sérieusement avec l'âge et qui explose littéralement avec l'inclusion des hommes d'un certain âge. Je m'étais mis les deux pieds dans la bouche et j'étais sur le point de m'étouffer avec. Tout le monde a beaucoup ri, sauf moi, qui n'en finissais plus de me confondre en excuses. Après l'euphorie totale, la honte abyssale. L'effet balançoire.

— On prend la mère de Malika chez nous.

Elle ne se sentait pas mûre pour le foyer, mais ne pouvait plus rester seule dans son appartement. D'où les réaménagements du leur. Pas de bébé en vue, donc, juste un renflement naturel sur lequel j'avais projeté des fantasmes que je ne me connaissais même pas. Pour se payer ma tête, Doum a sorti le pot de cornichons, qu'il a placé à côté de Malika. Il lui a même offert de déboucher une bière sans alcool. Tout le monde s'est mis à raconter les caprices les plus étranges des femmes enceintes, de la soupe aux frites aux sandwiches aux jujubes, dont s'était gavée la mère de Doum en le couvant, ce qui me semblait pouvoir expliquer beaucoup de choses. J'avoue, ça décrispait l'atmosphère. J'ai fini par en rire, comme les autres, avec les autres. Puis les blagues ont doucement glissé vers les cheveux d'Adèle, le nom du chien, le cinéma sud-coréen, la mode du curcuma, Chuck Norris.

Antoine est venu me trouver à la cuisine pendant que je finissais de ranger les restants qui disparaîtraient probablement pendant la nuit. Il s'est approché tout près, m'a regardée longtemps. Il avait déjà quelques pointes argentées sur les tempes.

— Ça t'aurait fait plaisir de même, pour vrai ?

— Mais oui, plus que ça, même ! Je me suis retenue, heureusement...

Il m'a prise dans ses bras et serrée comme il ne l'avait jamais fait avant, sauf quand on lui avait offert sa première PlayStation et qu'il avait compris que je m'étais battue pour sa cause. Mon grand tranquille, mon désorganisé adoré, mon amour du milieu.

— Je sais pas si je ferais un bon père.

— Mon dieu, Antoine, c'est sûr, tu vas être un papa extraordinaire !

Je le pensais sincèrement, autant qu'il en doutait. On est restés enlacés encore un moment, tandis que le drame dont j'ignorais tout se dénouait dans sa tête : je le croyais aussi capable que les autres, ma réaction ne mentait pas. J'ai remercié le bateau plein d'électroménagers qui avait réussi, en se coinçant dans un canal ou un autre, à créer une vague qui ramènerait mon fils vers moi. Après un moment, Antoine s'est doucement détaché pour changer de dossier, revenir dans une dimension émotive qu'il savait mieux contrôler.

— Euh, je pense à ça, là... As-tu réglé ton problème de la fille qui se faisait *hacker* ?

— Ben oui, on a compris qui foutait le trouble. C'est une histoire ben plate, une chicane pour un poste.

Claudine est restée un peu pour profiter de l'air frais sur la terrasse, une fois tout le monde parti - tout le monde sauf Charlotte, Doum et Fiouze, déjà endormis en tas dans ma chambre d'amis. Je me suis vidé les poumons en me laissant tomber dans le divan en rotin. J'étais vidée, abattue. Après ma bourde, l'affaire des chèques m'était complètement sortie de l'esprit.

— Arrête ça, Didi ! Tu leur donneras demain, tes chèques. Pis ton fils t'en veut pas, Malika non plus, t'as vu comme à riait ?

— N'empêche, c'est triste.

— S'occuper d'une belle-mère, c'est jamais facile.

— Mais non, y vont être super bons, c'est pas ça. Non, c'est juste que… je serai pas grand-mère.

— Tant mieux, christi ! Tu veux pas être grand-mère à 51 ans !

— Ben oui, pourquoi pas ? J'suis en forme, j'ai de la place, je peux encore grimper dans un module… Qu'est-ce que tu fais ?

Claudine venait de déposer un paquet de cigarettes sur la table basse. Elle fouillait ses poches.

— T'as-tu du feu ?

— Tu vas pas t'allumer une cigarette ?

— Pas le choix, faut l'allumer pour la fumer.

— Tu fumes depuis quand ?

— Trois jours. C'est pas facile, le cœur me lève. Mais je m'accroche, un jour à la fois.

— T'es conne.

— Non, j'suis grosse. J'ai essayé tous les régimes, même ceux qui sont pas encore inventés. J'suis rendue à celui-là. Fumer au lieu de manger, j'ai peut-être une chance. Sont souvent maigres, les fumeurs.

— Ben oui, c'est intelligent, bravo championne !

— Ça fait des années que j'ai pas baisé, beaucoup d'années, sauf avec celui que je compte pas pour tu sais quelle raison. Fait que oui, je trouve que ça vaut la peine de pogner un cancer pis de crever dix ans plus de bonne heure si je peux recommencer à baiser avant le début de l'emphysème. Ou pire, avant que ma mère s'en mêle.

— Ta mère ?

— Sont copine-copine, Laurie pis elle.

— C'est ben le fun !

— Non, pas tant : Laurie y a dit que j'ai pas eu de *chum* depuis Philippe.

— Ta mère le savait pas ?

— Non, j'me suis inventé deux-trois petites histoires pour qu'à me sacre patience, t'sais comment à stresse avec ça…

— *Shit*…

Elle s'est levée pour aller chez moi, chercher des allumettes qu'elle saurait où trouver – vingt ans d'allumage de bougies de fête ensemble, ça révèle des cachettes. Sur le paquet cartonné aux couleurs qui se voulaient choquantes, une bouche très médiévale affichait des moignons de dents et une luette noircie. Qu'est-ce que je pouvais lui dire, à ma bonne amie qui disait *baiser* pour dire *aimer* ? Qu'est-ce que je connaissais, au fond, de son corps prison, sinon qu'il lui résistait depuis toujours et que les discours sur *l'acceptation de soi*, au lieu de la disposer à une forme d'indulgence envers elle-même, le lui rendaient encore plus insupportable ? J'ai attrapé le paquet, cherché une poubelle, par réflexe, ai fini par le lancer à bout de bras dans la ruelle, dans le vide, ailleurs, en souhaitant l'ouverture d'un quelconque portail spatiotemporel. Quand Claudine est ressortie, je me tenais debout, les mains en apesanteur, avec ma face de coupable.

— Coudonc, Cécile, tu nous garroches tes cochonneries ?

— T'as pas lancé mon paquet ? T'as lancé mon paquet ? Sais-tu combien ça coûte, un paquet de cigarettes ?

— EXCUSEZ, LES GARS, JE VOUS VISAIS PAS !

J'ai essayé de rattraper Claudine, qui s'était lancée dans l'escalier.

— C'EST À MOI, LES GARS !

— NON NON NON, DONNEZ-Y PAS !

Une fois en bas, pas de paquet nulle part. Dans le dos de Claudine, j'ai articulé un merci silencieux aux Ostimans. J'avais une bière d'avance sur Claudine, j'étais davantage leur amie, c'est moi qu'ils écoutaient.

— Donnez-moi mes cigarettes.

— Quelles cigarettes ?

— Crisse, les gars…

Celui qui portait la barbe s'est levé, il nous a montré deux doigts, comme dans deux minutes. Il est allé déterrer deux chaises pliantes dans le coin intérieur du garage qu'il a soigneusement débarrassées de leurs toiles d'araignées, à mains nues – j'ai frissonné –, avant de les installer sur les portions intactes de l'asphalte, ce qui n'était pas une mince affaire. Sourd aux menaces de Claudine, il a pigé une bière dans la glacière qu'il a décapsulée en s'avançant vers elle : « Ce serait de valeur que tu fumes », qu'il a dit en lui tendant la main pour l'aider à s'asseoir, façon chevalier servant. En temps normal, elle lui aurait bricolé une petite réplique assassine, mais là, dans les yeux brun tendre de ce gaillard aux jointures noircies – déplié, il devait approcher les six pieds quatre pouces –, il y avait le nécessaire à désamorcer. Elle a ramolli, accepté la main de Marc, qui en a profité pour se présenter, s'est assise. Il y a des Waterloo pires que d'autres.

Avant que je puisse la refuser, Marc me tendait à moi aussi une bière décapsulée. À force d'en boire par politesse, je finirais peut-être par aimer ça. Dans la glacière, mêlée à l'eau, à la glace, et aux bouteilles, le gars à la bouche moyenâgeuse à demi en suspension, pas sûr de pouvoir encore flotter, commençait à se décomposer.

Quelques minutes plus tard, Charlotte sortait en pyjama, Fiouze sous le bras, pour un énième pipi. Elle a descendu une marche à la fois, lentement, comme une victime de film d'horreur qui s'enfonce dans un sous-sol sombre.

— Maman ?

— Mets-toi des souliers, cocotte, sinon tu vas pogner le tétanos.

Je devenais ma propre mère, parfois, dans mes mots, mes mimiques, mes gestes, surtout quand la fatigue m'imbibait.

— Doum se lève pas, pour le chien ?

— Non, y est fatigué, c'est le temps des déménagements, y a plein d'abandons d'animaux, y travaille comme un fou.

Quand Charlotte a accepté une bière – américaine, avec son quota de cent cinquante produits chimiques –, j'ai failli m'étouffer. La conversation s'est mise à rouler sur le sel de nos vies, les rénos, les thermopompes, la guerre, les voisins chialeux, la musique poche qu'écoutent les jeunes aujourd'hui. J'ai dit que je m'ennuyais de Martine St-Clair, c'est sorti tout seul. En fait, je m'ennuyais d'une époque. Charlotte s'est mise à fredonner *Lavez lavez*, ce qui a fait rire tout le monde.

— Tu connais ça, toi ?

— Franchement, maman, c'est un classique.

Elle y est même allée d'un petit bout de *On va s'aimer* les poings fermés pour me prouver qu'elle connaissait son Martine. Dans sa bouche, qu'elle avait si belle, l'impoésie de ces vers m'est apparue plus criante que jamais, d'une quétainerie charmante. On s'aimait partout Jacques et moi, à l'époque où c'était sorti, sous une étoile ou sur un oreiller, au fond d'un train ou dans un vieux grenier.

Les Ostimans regardaient le ciel bleu noir, Claudine Marc le barbu, moi ma fille, elle son chien, endormi sur les genoux de Raymond, qui souriait béatement. Fred dormait à moitié, la tête renversée sur la banquette de char. J'ai pensé *plénitude*, sans le dire, pour ne pas la faire fuir.

9

Où je déteste les dimanches.

Je ne m'entends pas bien avec les dimanches, ils m'ont trop imposé leur dictature de la semaine à préparer: repas, lavage, ménage, courses, comptes à payer, devoirs, alouette. Pendant les périodes les plus exigeantes, il m'est parfois arrivé de regretter la messe, cette pause ennuyante pour fuir dans sa tête en se contentant d'ânonner et de plier les genoux pour donner le change. Même si je n'ai plus grand-chose à préparer, leur grisaille de jour trop exigeant plane encore. Pour me venger, je ne me fais plus jamais de lunch, c'est même prévu au budget. Steve parti, je n'ai plus aucune raison de me lever.

Charlotte et Dominique dormiraient tard, ce matin-là. Pourquoi pas moi? Les petits-déjeuners spéciaux – salade de fruits, omelette, patates – étaient réservés pour mes tête-à-tête avec Charlotte; autrement, l'autre se croyait à l'hôtel et ne voulait plus partir. Je planais doucement au-dessus de mes obligations, couvertures rabattues sur ma tête, quand Charlotte est entrée dans ma chambre, complètement bouleversée.

— Ben voyons, mon amour, qu'est-ce qui se passe?

— Maman, on l'a pas eue.

— Qui ça ?

— La maison.

— Quelle maison ?

— La maison qu'on voulait ! On la voulait tellement, celle-là…

— Je pensais que vous commenciez tout juste à chercher ?

— Le marché est malade, quand y en a une qui sort, faut se dépêcher. Ça se vend en vingt-quatre heures. C'est notre troisième offre d'achat, toutes les maisons nous passent sous le nez. On l'aura jamais.

— Mais faut prendre son temps, bien choisir…

— Maman, allô, tu lis pas les nouvelles ? C'est fini, ça, prendre son temps. C'était dans l'ancien temps, ça.

— Avez-vous un courtier ?

— Non, aaark, on veut pas de courtier.

— Mais qui t'a dit que tu l'avais pas eue, la maison ?

— La madame qui vend sa maison, à vient de m'écrire.

— Pas de courtier ?

— Néo.

— As-tu une preuve écrite du refus de votre offre ?

— Laisse faire, tu comprends juste pas comment ça marche.

Elle est repartie encore plus exaspérée, complètement désillusionnée. J'avais vendu et acheté une maison récemment, mais je ne connaissais rien à rien. Ma génération de déconnectés pour qui tout avait été si facile ne pouvait rien entendre à leurs malheurs. Quand j'avais son âge, les maisons étaient encore à des prix décents, mais on se battait pour la moindre *job* qui se libérait. Au restaurant comme à l'épicerie, on trouvait naturel d'être servi par un maître ès arts en quelque chose, un ingénieur désœuvré ou une danseuse professionnelle sur les pointes pour ne pas perdre la *twist*. Les infirmières et les greffières, dur à croire aujourd'hui, s'arrachaient les postes disponibles. Même si je peinais à m'émouvoir du fait que ma fille encore aux études ne soit pas capable de mettre la main sur la maison de ses rêves, j'ai redonné au dimanche son droit de m'emmerder, et je me suis levée pour la rejoindre au salon, prête à accueillir son émoi.

— Je vais appeler Stéphane, juste pour des conseils.

— Je veux pas de courtier, maman.

— Ça engage à rien, des conseils. C'est un ami, en plus.

— Un ami qui veut ton argent.

— Tout le monde veut l'argent de tout le monde, chérie, le dentiste, le garagiste, la coiffeuse, le vétérinaire, tout le monde.

— Oui, mais c'est pas des amis.

— Stéphane m'envoie une carte de fête chaque année.

— Tous les courtiers en quelque chose envoient des cartes de fêtes pis de Nouël à tout le monde.

— Signée à la main.

— Wow.

Comme elle regardait par-dessus mon épaule, je me suis limitée à « Besoin de tes conseils si t'as deux minutes. Merci, Diane » au lieu du « SOS : ma fille fait des offres n'importe comment sur toutes les maisons qui sortent sur le marché, ça va mal finir. Diane» que j'ai réellement envoyé quand elle a cessé de m'espionner.

— Signe pas tes textos, m'man.

— Bon, tu peux me la montrer, cette maison-là ? Y doit y avoir une fiche à quèque part ? J'aurais aimé ça, aller la voir avec toi. La prochaine, peut-être...

— Non maman, justement, non. On a déjà assez des parents de Doum qui se mêlent de nos affaires comme si c'était eux autres qui achetaient à cause de leur maudit argent. Y font des commentaires sur toute, y aiment rien de ce qu'on visite, y me font suer au cube... Pis là sa mère, qu'est-ce qu'à va me dire, sa mère ? Han ? Qu'à le savait que ça marcherait pas, notre offre, qu'à l'aurait pas fait ça de même, elle, comme si à connaissait quèque chose là-d'dans, elle, acheter une maison. Y ont pas déménagé depuis trente ans...

— Y aurait pas moyen de leur dire, gentiment, que vous aimez mieux magasiner tout seuls ?

— Non. Pas vraiment. Tu connais pas ses parents, c'est des «On sait toute sur toute».

Tiens, comme moi. Mais comme je ne l'avais à peu près jamais vue dans cet état, j'ai opté pour le mode solutions.

— Vous pourriez pas acheter sans leur aide ?

— Les maisons en ville sont vraiment trop chères, tant que j'ai pas encore ma vraie *job*...

— Pourquoi vous attendez pas un peu, d'abord, cocotte ?

— Attendre ? T'es sérieuse ? Pendant que les prix montent pis que les taux sont sur le bord d'exploser ? OK, non, laisse faire, tu comprends pas.

Sait toute, mais comprend rien: *roger that.* J'enfilais les belles occasions de me taire comme des chapelets, en ce beau dimanche béni qui s'enlignait pour être à la hauteur.

En levant les yeux au plafond pour aider l'air à pénétrer dans mes poumons, j'ai vu le trou, celui qui n'attendait que l'ancrage de ma fougère. Après être allée chercher une cuillère de bois dans la cuisine, je suis montée sur le divan pour en insérer le manche dans l'orifice.

— Mais qu'est-ce que tu fous?

— Vide! On va y aller avec le papillon!

— Quel papillon?

— Laisse faire, tu peux pas comprendre.

Suivant les instructions que m'avait données la super quincailleuse, j'ai solidement vissé le crochet sur la tige filetée, puis la tige dans le papillon, et j'ai ensuite rabattu les ailes sur la tige avant de le pousser dans le trou. Comme il ne se déployait pas, j'ai dévissé un peu l'ancrage pour pouvoir le pousser plus profondément, puis encore un peu, encore… et paf! Quand il s'est enfin ouvert, la couche de gypse passée, le crochet m'est resté dans la main. Aucun moyen de récupérer le papillon qui, enfin libre, finirait sa vie dans un entre-plancher, redoutant la rouille comme nous l'arthrite, vivant de l'espérance d'un petit tremblement de terre pour pousser la gigue de temps en temps.

J'ai profité de la bonté naturelle de mon gendre, en boxeur dans ma cuisine, la main dans la boîte de céréales, pour lui demander d'aller porter dans ma voiture la petite table de l'entrée qui s'était abîmée. Je dégoterais peut-être quelque part un atelier pour la faire réparer. Stéphane est arrivé à ce moment-là, habillé comme un gars qui promène son chien. Il a eu un petit mouvement de recul en croisant Doum qui sortait de chez nous en petite tenue.

— Oh ! J'aurais peut-être dû appeler...

— Non non, c'est mon gendre, y descendait justement à l'auto.

— J'avais des visites dans le coin à matin, ça avait l'air pressant, j'ai pensé venir tout de suite...

— T'es trop fin, merci. Un petit café ?

— Hum... j'ai dix minutes.

Charlotte s'est repliée comme une huître en le voyant entrer, le chien sur ses genoux, prête à lancer de l'eau bénite. Ça pouvait paraître louche, le gars qui débarque aussi vite, mais j'avais effectivement vu sa grosse face sur au moins deux pancartes dans le coin, nous étions dimanche, jour des visites libres, il ne fallait pas chercher plus loin.

On est vite entrés dans le vif du sujet, le temps pressait et Charlotte m'en voulait déjà, je n'avais rien à perdre.

— Alors, Stéphane, je résume : y viennent de faire une offre sur une maison : refusée. C'est la troisième maison qui leur glisse entre les mains.

— Vous étiez en offres multiples ?

— Ben... je sais pas, on sait juste qu'on était les premiers à faire une offre, pis après, rien, à nous a jamais rappelés.

Stéphane s'est attrapé l'entre-sourcils entre le pouce et l'index en réfrénant une petite grimace citronnée. La dame, qui vendait elle-même sa maison – même détestation des courtiers – ne lui avait plus donné de nouvelle ensuite, jusqu'à ce petit texto sec reçu une heure plus tôt, en réponse aux questions répétées de Charlotte qui s'impatientait: « on a prit quequ'un d'autre *sorry* ».

— Va falloir jouer un peu cow-boy. Tu la veux, cette maison-là ?

— C'est trop tard, on l'a pas eue.

— Rappelle la madame, dis-y de te garder comme *back-up* si l'offre des autres tombe à l'eau.

— Pourquoi leur offre tomberait ?

— Le financement peut être refusé, les délais pas respectés, une inspection catastrophique. Ses acheteurs ont peut-être fait une grosse offre au-dessus de la tienne, peut-être après avoir vu la tienne, d'ailleurs...

— Mais y ont pas le droit !

— ... en comptant se servir de l'inspection pour la ramener plus bas que la tienne après, ça se voit souvent. Donc tu y dis de te rappeler si l'autre offre tombe, que t'es prête à mettre le même montant, mille de plus, pour la forme. Je gage un cinq que tu vas avoir un téléphone assez vite.

— J'ai le droit de faire ça ?

— La madame vend toute seule, à fait ses règles, c'est le *far west*.

Il lui a dit de lui écrire ou de l'appeler si elle avait des questions ou besoin d'aide pour remplir de la paperasse, ça lui ferait plaisir.

— Tu charges combien de l'heure ?

— Rien du tout.

— Ben oui, voir...

— Je fais de l'argent quand y a une transaction.

— Mais je te prends pas comme courtier, tu feras pas d'argent avec moi.

— Non, mais ta mère vient de me référer à un de ses collègues avec qui je vais visiter des condos cet après-midi. C'est des vases communicants.

Je l'ai raccompagné à sa voiture avant qu'il ne prononce le nom de Ji-Pi, un peu inquiète de ne pas voir remonter Dominique. Il s'était peut-être rendormi dans le coffre en y couchant la table.

— Tu t'ennuies pas de la banlieue ?

— Non, pantoute. Tout est proche, la ruelle est le fun.

— Pis les rénos, t'as trouvé ça comment ?

— C'était pas mal fini quand on est rentrées, y restait juste la finition pis deux-trois petites affaires...

— Non non, celles de ton ancienne maison.

— Ah ? J'suis pas retournée. J'aurais pas eu le cœur assez solide pour ça.

Il s'est arrêté net au milieu de l'escalier, complètement surpris.

— Je t'ai arrangé un rendez-vous avec les nouveaux proprios, pour que tu puisses y aller pendant les rénos. T'es pas allée ?

— Moi ? Mais non, jamais de la vie, t'es mêlé.

— On parle de la maison sur Bosquet, la canadienne avec des volets beiges...

— Jaunes.

— S'cuse, j'suis daltonien. Le gars du couple d'acheteurs s'appelle Octavio, ça pleut pas, les Octavio. Y a des drôles de favoris sculptés, en plus...

J'ai eu peur. De moi, d'abord. J'ai pensé *ça commence peut-être de même.*

— Pis j'y suis allée ?

— Me semble, oui. Ou peut-être pas, peut-être que t'as décidé que c'était pas une bonne idée… C'était une période vraiment stressante, émotionnellement surtout, c'est normal…

Mon gendre gélifié était en pâmoison devant un grand pic qui martelait l'écorce du dernier bouleau encore debout; la table gisait à côté de l'auto, dans la garnotte. J'ai salué les Ostimans - Quin, Cécile! - et foncé chez Claudine, où je suis entrée sans cogner, contrairement à la convention du vivre-ensemble-un-peu-trop-proche qu'il avait fallu établir pour protéger l'harmonie de nos familles.

— T'ES ALLÉE CHERCHER L'ENVELOPPE, MA MAUDITE!

— Bon matin à toi aussi!

Elle avait des boules d'ouate entre les orteils, du vernis rouge sang, une serviette sur la tête, un peignoir léger. Trop vulnérable pour être attaquée physiquement.

— T'AS DU FRONT TOUT LE TOUR DE LA TÊTE! TU TE PRENDS POUR QUI? C'EST PAS DE TES MAUDITES AFFAIRES, CETTE ENQUÊTE-LÀ!

— Calme-toi.

— L'ENVELOPPE! TOUT DE SUITE!

Adèle est sortie de sa chambre en *g-string*, flambette pour le reste.

— Tu cries encore, matante…

— Va te recoucher s'il te plaît. Faut que je tue ta mère.

— OK. Mais t'oublies pas que tu m'as promis de m'amener conduire aujourd'hui.

J'ai suivi Claudine dans sa chambre. Elle a tiré de sous le lit un rangement sur roulettes transparent rempli de vêtements. Sous un veston à épaulettes, une enveloppe, la mienne, reconnaissable entre mille aux enchâssements de petits carrés tracés sur le rabat encore scellé, comme ceux que je dessine sur le moindre bout de papier qui traîne. Dedans, encore vierge, l'enquête que j'avais commandée sur Jacques pour connaître l'étendue de ses infidélités et que j'avais fini par emmurer dans notre ancienne maison avant même de la lire, par peur que le papier ne se transforme en sables mouvants. Claudine l'a lancée sur le lit comme une patate chaude.

— C'était au cas où. Quand y reviennent, y repartent, ces hommes-là.

Elle me parlait avec une voix de spa, les mains enfoncées dans le lit défait comme un enfant coupable. Son Philippe, le père des filles, lui avait fait le coup. Ce qui était resté intact après son premier départ avait été anéanti par le deuxième. Et depuis, elle surnageait dans un désert amoureux lestée d'un désir d'aimer effarouché.

— J'aurais pas dû, c'est con. Mais je l'ai pas ouverte, t'as vu ? J'étais pas *game*.

Ce que l'enveloppe contenait ne pouvait plus m'être d'aucune utilité, pour autant qu'elle en ait déjà eu une. Découvrir que Jacques m'avait beaucoup trompée ou pas du tout avant Charlène ne changerait plus rien maintenant. Je serais seulement un peu plus triste.

— Je pars avec mon enveloppe, je vais m'en débarrasser sans te dire comment, cette fois-là, au cas où. Mais j'ai une question à te poser. Pis un conseil à te donner.

— OK.

— C'était comment, les rénos sur Bosquet?

— Lette.

— Enweille.

— Aire ouverte salon-cuisine, mur vitré sur la cour, douche italienne, cellier, me semble, spa… la misère. Mais dénaturé quand même. Bien dénaturé.

J'ai eu un petit moment de vertige. Je ne voulais pas savoir ce qu'on avait fait de mon ancienne maison, c'est la raison pour laquelle je n'y étais jamais retournée. Mauvaise question.

— Ton conseil?

— Jette c'te vieux veston-là, les épaulettes. À part faire des sketches de RBO, je vois pas à quoi ça sert.

— OK. Mais vu que tu m'haïs déjà un peu…

— Je t'haïs pas.

— … je peux-tu t'avouer quèque chose d'autre?

— Non. Je retourne me coucher.

— T'es pas curieuse?

— Non.

Avant de me reglisser dans mes draps refroidis, j'ai appelé Jacques pour lui dire qu'on devrait mettre sur pause notre projet de chèques, quelques jours, quelques semaines peut-être. Pendant que je lui faisais un topo de la situation - Alex en voyage, Charlotte en beau maudine à cause de l'argent des beaux-parents, Antoine et Malika en projet d'accueil dans leur appart qu'ils étaient fiers d'avoir aménagé à peu de frais et que j'avais peur de froisser. Ma vieille branche d'ex-mari acquiesçait à tout, me faisait sentir sage. J'ai mis la main sur l'enveloppe brûlante pour ne pas faire de gaffe et me laisser ramollir au point de l'inviter encore. C'était une bonne arme,

Claudine avait raison. Sous le papier, tant de poisons possibles, des noms de femmes, des photos, des sextos, ou pire, des billets doux pas pour moi avec des promesses jamais entendues.

Je me suis rendormie. Puis réveillée, à peine, en surface, avant de replonger. Entrer et sortir du sommeil, comme un chat. Le faire exprès. Savoir qu'on peut refaire la boucle tant qu'on le souhaite. Abandonner totalement l'idée de *faire de quoi* de sa journée. Plaisir aussi délicieux que le truc fourré au beurre d'érable qu'on choisit à la boulangerie au lieu du pain multigrains conçu pour assurer un bon transit. J'étais réellement sur le point d'aimer mon dimanche quand Dominique a toctoqué à ma porte.

— S'cuse Didi, y reste pus de lait. Y en a-tu d'autre ailleurs ?

— À l'épicerie, Doumdoum.

— Dans la maison, je veux dire.

Sur le voile noir de mes paupières, comme un hologramme dansant, l'image de ma masse toute neuve. J'ai ouvert un œil, un seul, pour mieux viser mon gendre dans le plexus solaire – on ne sait pas pour les ondes. Mais où pouvais-je cacher une foutue pinte de lait dans un quatre et demie où chaque pied carré était occupé ? Où ?

— As-tu regardé dans le four ?

Il a ri, puis s'est arrêté quand il a compris la blague. Plus possible de profiter du sommeil, je me suis levée pour de bon.

Derrière le volant, Adèle. À côté, sur le banc du stressé, moi. Couchée sur la banquette arrière, derrière nous, la table pétée que Dominique n'était pas parvenu à faire entrer dans le coffre – le bouton d'ouverture automatique était au sol, côté chauffeur, il n'avait peut-être pas poussé ses recherches aussi loin.

— Reste à droite quand tu tournes, t'empiètes sur l'autre voie.

— Mais y a personne de l'autre bord.

— Tu gardes ta voie quand même, les autos sortent de partout, faut toujours être du bon côté.

— C'est tellement *stuck up* comme système.

— Le but du système, c'est de pas mourir.

— Marche pas fort, votre affaire.

— Finis ton cours de conduite, deviens ingénieure des routes, pis tu nous concocteras un autre système. Va voir en Inde pour t'inspirer, sont moins *stuck up*.

— C'est raciste, ça !

Nous roulions à 30 kilomètres/heure, on ne se ferait pas trop mal, c'était ma seule consolation. En évaluant les coups de volant qu'elle donnait à chaque tentative de faire un angle mort, je misais sur un arrachage de miroir ou une embardée sur une chaîne de trottoir.

— T'es-tu encore en chicane avec ma mère ?

— Mais non. On a jamais été en chicane… Y A UN *STOP* !

Les freins dans le tapis au beau milieu de la rue, les klaxons et la traînée de boucane, comme dans une BD. Pas de boum ni d'égratignure, rien, l'univers avait parfaitement réaligné les forces en mouvement pour nous offrir un sursis. Seul dommage collatéral : un homme furax à moitié sorti de son camion pour nous engueuler vertement.

— Je l'ai pas vu…

— C'est pas grave, Adèle, laisse-le faire, faudrait juste se tasser un peu.

L'homme vomissait tout ce qu'il connaissait d'insultes sans respirer. En clair, les femmes étaient des putes qui ne devraient pas conduire. J'ai pensé à ma masse dans le coffre, Adèle a fait beaucoup mieux: dégainé son téléphone et filmé.

— Alors on a Joe Blo ici, qui a une déclaration à faire…

— Chauffe un bicyle, câlice de petite plotte…

Adèle lui a fait des gentils *bebye* de la main pour l'encourager à se crinquer davantage. Quand il a compris qu'on le filmait, il a rapidement rétroscopé son haut de corps et fui sans demander son reste. Dans le cul de son auto, sa plaque, immortalisée par Adèle.

— Rage au volant, je vais le déclarer. Y m'a traitée de plotte, j'ai juste 16 ans. C'est un peu comme un pédophile de la route, non?

Pour fêter son calme inspirant et notre survie, on s'est acheté des sandwiches shish-taouk qu'on a dévorés au parc, sur le seul banc libre près de la rivière. On s'est collées comme des amoureuses sur la partie non blanchie par les chiures de goélands. Ça nous arrivait de temps en temps d'être des amies, Adèle et moi, et seulement ça, capables de s'écouter sans se juger, sans être des mères ou des filles, dans ces petites bulles de hasard fragiles et magiques. Je savais d'elle mille petites choses qu'ignorait Claudine et que je ne révélerais pour rien au monde – son métier de rêve: laver des tapis et des trottoirs avec une machine à pression. Comme si nous étions des animaux endormis dans un zoo, les gens, les chiens, les coureurs, les triporteurs passaient sans nous voir.

— La mère de ton amie, là, celle qui sort avec le monsieur qui était chez nous l'autre soir…

— C'est pas son *chum*.

— C'est fini ?

— Non, ark, c'est son frère, dis pas ça, c'est dégueulasse, je mange.

— Son frère ? Mais t'as dit…

— J'avais mal compris.

— Wow ! C'est de la nouvelle, ça !

— Pourquoi ?

— Je sais pas, c'est pas la même chose, *chum* ou frère…

— C'est ton ami, tu devrais le savoir, non ?

— Bah, c'est plus un collègue, je connais pas tant sa vie.

Elle a maintenu son sandwich en suspension à la hauteur de sa bouche, fermé un œil à moitié.

— Naaa, tu tripes dessus.

— Mais non, c'est un collègue, un collègue-ami.

— *Shit!* t'es en *friend zone* en plus. Je connais ça, c'est ma spécialité, j'suis tout le temps pognée là-d'dans.

Elle a passé son bras libre par-dessus mon épaule, posé sa tête doucement, le sandwich au repos. J'ai tellement trouvé ça mignon que j'ai complètement oublié de lui dire de ne pas s'en mêler, de tenir ça mort.

Une fois à la maison, j'ai appelé Madeleine au foyer. Comme je n'obtenais pas de réponse à sa chambre, j'ai fait le poste de la réception. Je tombais mal, en plein souper, à moins d'une urgence, on ne pouvait pas aller la chercher. Précision fort à propos, c'était vraiment pressant, le bonheur ne peut attendre à son âge. Allô ? C'est qui ?

— Madeleine, c'est moi. Désolée, je te dérange en plein souper.

— Oh ! La belle surprise !

— Vous mangez quoi, aujourd'hui ?

— Je le sais pas, c'est brun.

— Je te retiens pas longtemps, je voulais juste te dire que les ondes ont commencé à marcher, y est dépris.

— Hon…

Charlotte m'a laissé le chien. « Quelques jours seulement, maman, le temps de trouver une solution. » J'ai fait semblant de la croire. De toute façon, j'avais ouvert une brèche la veille en lui disant que je pourrais m'arranger. Depuis l'époque des vers de terre, je ne me faisais plus d'illusions, j'étais incapable de m'exclure des plans de sauvetage de ma fille. Le peut-être célibat de Ji-Pi m'avait rendue confusément heureuse, mon esprit belliqueux s'était attendri. Quand même, je me serais autrement défendue si elle avait proposé de me laisser Dominique.

— Adèle va pouvoir le sortir de jour, je me suis entendue avec elle.

— Wow, la plus fiable !

— Donnes-y une chance, à s'améliore.

À deux heures du matin, après trois sorties pipi, un vomi sur le tapis de l'entrée – il avait mangé un bas oublié par Charlotte – et quelques heures de pleurnichage qui menaçaient sérieusement mon équilibre mental –, je me suis résignée à trouver une solution sur-le-champ.

— On dort pas?

Raymond laissait tomber le Cécile quand il était seul. En veille sur son banc de char, comme toujours, il surveillait la ruelle, nos maisons, les méchants. De le savoir les yeux rivés vers chez nous me rassurait beaucoup.

— Je sais pus quoi faire. Y chigne dans sa cage, y chigne dans mon lit, y demande tout le temps la porte. Je pense qu'y veut juste être dehors. Penses-tu que…

— On est pareils, lui pis moé, hein *buddy*?

Il a tendu les bras, tout sourire. Fiouze s'est mis à lui lécher les mains aller-retour.

— Va dormir, la grande.

— Merci. Je le reprends demain matin. Toutes ses affaires sont en haut…

— Pas besoin, je vas m'arranger, va te coucher.

— Merci, tellement merci.

Les murmures de leur conversation m'ont flatté le dos tout au long de ma montée. Raymond lui pousserait la chansonnette le reste de la nuit, des petites tounes quétaines réconfortantes. Je ne me suis pas retournée, tout irait pour le mieux dans le meilleur des mondes.

J'ai envoyé un petit texto à Antoine, pour savoir comment ça se passait avec la belle-mère. Il m'a répondu que ça allait, sauf qu'elle avait remplacé tous les savons de la maison par un gros savon de Marseille carré qu'elle imposait pour tout laver, la vaisselle, le linge, le plancher, la face. La dictature du cube, qu'il a écrit. Il sortait son Palmolive en cachette. Pour le reste, ça allait. J'ai pensé à mes chèques tout prêts, en jachère dans ma sacoche.

La grande Cécile s'est couchée, crevée, et ne s'est pas levée quand le cadran a sonné.

10

Où je me transforme en chasseuse de têtes fasciste.

Il était 9 h 23 quand je suis entrée dans le bureau de Carole. J'aurais aimé l'attraper avant que tout le monde soit là, mais.

— Tu pourrais venir à mon bureau, s'il te plaît ?

— Vers quelle heure ?

— Tout de suite, ce serait parfait.

— J'ai un petit dossier à finir.

— Ce sera pas long.

Faux. Mais j'étais incapable de la laisser continuer de travailler en sachant que le dossier finirait sur le bureau de quelqu'un d'autre. De Karyne, tiens. En la voyant hésiter, j'ai su qu'elle savait. Elle a baissé les yeux, déplacé nerveusement quelques objets, sans parvenir à dompter son désordre intérieur. Elle a fini par me suivre, comme on va à l'échafaud.

— Carole, on passera pas par quatre chemins. J'ai des preuves, de tout. Les fichiers traficotés, les rendez-vous annulés, les courriels…

— Vous avez pas le droit d'ouvrir mes messages.

— On a pas eu besoin de les ouvrir, juste de suivre leurs chemins tordus dans le système, notre système, qu'on a le droit et le devoir de surveiller, le reste se déduisait tout seul.

Je feignais de consulter les feuilles posées devant moi pour me donner une contenance. J'élaborais ma théorie un peu dans le beurre, en vérité, forte de quelques photos – floues et désormais détruites – et d'une chicane ridicule autour d'un poste sans prestige, à peine mieux rémunéré que celui des subalternes. Je n'accusais pas, je pêchais, espérant qu'elle morde.

Sur mon téléphone que j'avais oublié d'éteindre, une notification.

T'es correcte avec le chien maman ? Tout va bien ? T'es trop fine. Je t'aime XXX

Il manquait une virgule, ça m'a tiré une ride, sans plus. Je finirais par m'habituer. Je suis rapidement revenue aux fils d'argent qui striaient la repousse de Carole. À vue de nez, teinture due dans une semaine, maximum. Elle portait une robe marine coupée à l'anglaise, très classe, qui lui faisait redresser les épaules. Le gibet la verrait arriver la tête haute, ça me semblait plus jouable, plus juste. Toutes les chutes méritent un peu de dignité, elles sont le reflet de ceux qui les commandent et les regardent, peu importent les circonstances.

— Ça faisait juste trop mal.

Aucune esquive ou tentative de justification, le flanc offert dès les premiers mots. Elle était venue se battre à mains nues, s'afficher dans sa pure douleur. Plus rien à perdre.

— J'avais rien planifié, pourtant, l'occasion s'est présentée de même. Son poste était ouvert, je venais d'y montrer comment remplir les annexes D37-38. C'est long pis c'est plate, ces maudites annexes-là... J'avais déjà compris ben des affaires, remarque, mais j'aimais mieux penser que j'étais parano, c'était plus confortable, ça me donnait du temps... J'aurais pas dû vérifier, au fond... mais c'est encore plus fatigant de pas savoir, j'avais comme pas le choix, finalement... fait que j'ai regardé...

Ses yeux restaient plantés dans le mur à côté de moi, pas tant pour m'éviter que pour se parler à elle-même. Son ton était lent et solennel, comme si elle faisait une déposition.

— C'était plus une blague au début, effacer des trucs dans ses fichiers, bidouiller les courriels... pis j'ai compris que je pouvais la détruire comme ça, juste comme ça, ça marchait, c'était même facile...

— Mais Carole, on parle d'une augmentation annuelle de 4 000 $ pour ce poste-là, pis Karyne est toute nouvelle, ses chances étaient à peu près nulles...

— J'ai levé le buvard, les messages étaient là... Des bouts de feuilles coupées pareil, les mêmes crisses de mots, osti de trou de cul...

— Attends un peu, on parle de quoi, là ?

Jean-Jean avait été son amant, au cours des mois suivant leur transfert en ville, comme si le besoin de rester en terrain connu, ne serait-ce que le temps d'atterrir, les avait poussés l'un vers l'autre. Elle se foutait complètement du poste, en réalité, n'y avait plus repensé après avoir soumis sa candidature. Sur le coup, oui, peut-être, l'idée de devenir sa boss l'avait charmée. C'était sexy, non, diriger? Abasourdie, j'écoutais avec tout mon corps, presque couché sur la table, déchirée entre stupéfaction et pitié. Et puis, du jour au lendemain, sans l'ombre d'une explication, les billets doux avaient cessé, comme les soirées romantiques, les rendez-vous secrets. Puis les doutes, le buvard du bureau de Karyne, le coup de pelle en pleine face.

— Personne le savait, pour vous deux?

— Y a jamais eu de nous deux, y est marié.

Évidemment, question débile. Un mariage en déroute, comme toujours, réalité plus digeste pour tout le monde. Dans les marges sombres de sa relation officielle, le bellâtre avait eu le champ libre pour déployer ses pièges sans craindre d'être torpillé: tout le monde devait se taire, en tout temps. C'est lui qui lançait les invitations, guidait le jeu, mettait à mort. La culpabilité de Carole s'était chargée d'étouffer les aspects du mensonge qu'il ne contrôlait pas. J'ai eu l'impression d'avaler d'un trait un grand verre d'acide liquide. Si j'avais pu crier ou démolir quelque chose, ça m'aurait soulagée.

— Je sais pas si tu peux comprendre, Diane, mais je te le souhaite pas, c'est l'horreur. Être humiliée de même…

Je l'ai laissée parler, m'expliquer par le menu détail toutes les morts qu'elle endurait depuis qu'elle avait compris qu'elle avait bêtement été remplacée.

— Non, je peux pas comprendre ce que tu vis, Carole, j'ai juste connu le rôle de la femme trompée dans ton histoire.

Ce qui de sa face était resté intact est tombé; je ne serais pas dans son équipe. J'en ai profité pour me ressaisir et finir le travail.

— Karyne est au courant?

Sa tête a balayé l'air de gauche à droite. La pauvre enfant, dans un triangle amoureux sans le savoir, une ennemie jurée armée jusqu'aux dents dans son angle mort. Le réveil serait brutal. Carole se décomposait devant moi, sa mâchoire tremblait. Même si je voyais maintenant ses cartes, elle essayait encore de me convaincre que sa paire d'as était une suite royale.

— Ça me rendait folle, Diane, j'avais trop mal...

— Pourquoi pas t'en prendre à Jean-Jean, en le dénonçant, par exemple? C'est lui qui t'a manipulée pis jetée sans même te le dire. C'est lui qui te fait souffrir. Venger trois femmes d'un coup, ça te tentait pas? Pourquoi t'en prendre à Karyne, si à sait rien?

— Je voulais juste qu'à parte, qu'à disparaisse...

— T'espérais quoi, Carole? Ravoir ta place de maîtresse, comme avant? Tu penses qu'y se serait jeté dans tes bras, content que tu l'aies débarrassé d'une fille de 27 ans qui le voit dans sa soupe?

C'était d'une infinie tristesse pour à peu près tout le monde, mais aucune douleur ne pouvait excuser ou cautionner l'œuvre de destruction qu'elle avait sournoisement opérée sur une jeune collègue qu'on lui avait confiée. Il n'y avait plus que sa robe pour la tenir quand elle est sortie de mon bureau. Elle a tout de même trouvé la force de me promettre de ne rien dire à Karyne, qui aurait son lot de désillusions à gérer, tôt ou tard.

Je n'ai pas vu ceux que j'ai croisés en quittant mon bureau, je m'étais réfugiée loin dans ma tête pour contenir la bile qui menaçait de se déverser. Au bord de l'explosion, dans un calme tout relatif, j'avais expliqué à Carole que son sort était irrémédiablement scellé pour nous, qu'on lui ferait une lettre de recommandation au besoin – *Je sais, Carole, les femmes de 50 ans sur le marché du travail…* –, mais que c'est elle qui partait.

Les souliers dans les mains pour dévaler plus vite les marches de l'escalier de service, j'ai couru jusqu'à mon auto, stationnée tout près. De l'asphalte tout neuf, bien lisse, brûlant, mais exempt de cailloux. Je me suis glissée dans l'habitacle pour lâcher un grand cri de mort qui ne m'a pas le moins du monde soulagée, suis ressortie pour aller chercher ma nouvelle masse dans le coffre – oh ! la douceur du manche… –, puis j'ai rapidement radiographié les alentours : mon auto, d'autres autos, le bras sévère de la borne de stationnement qui m'accusait déjà, le panneau de la Ville le plus près, la poubelle débordante, des buissons mous, des fleurs encore plus molles… non, ça n'irait pas. Pas le choix. J'ai aligné mes talons hauts en mini-peloton d'exécution et j'ai fessé allègrement. Ils étaient revenus à l'état de galettes de cuir quand je me suis arrêtée, un peu plus détendue. J'ai replacé les morceaux d'asphalte qui s'était montrés un peu trop sympathiques à ma cause. La chaleur les aiderait à cicatriser, à se refondre avec le reste.

J'ai ensuite conduit jusqu'à la pharmacie, 250 mètres plus loin, où j'ai pu acheter des babouches avant même qu'on remarque que j'étais pieds nus, et suis passée à la commande à l'auto du *fast-food* juste en face pour commander le plus grand format de café disponible.

— Noir et très chaud, s'il vous plaît. Merci.

J'ai convoqué Jean-Jean d'urgence à mon retour au bureau, après avoir posé mon café sans couvercle sur le dossier que j'aurais besoin de consulter dès son arrivée; il est entré, inquiet, s'est assis, a croisé les mains en appuyant ses bras sur les accoudoirs, écarté les jambes pour bien faire retrousser sa virilité. Le reste du plan n'a pris que trois secondes: le dossier soulevé, le café qui glisse du bureau à l'entrejambe, les excuses pas senties, les insultes, *crisse de folle*, qu'il s'est permis en se levant comme un ressort pété, ce qui ne m'a que rassurée: il avait remarqué que mon geste n'avait rien d'accidentel et compris, de ce fait, le sujet de notre petite réunion improvisée. *Je vais te poursuivre*, qu'il a ajouté.

— Mais non, ai-je dit calmement, tu feras pas ça, ta vie serait trop, hum... exposée, disons ça de même. Je suis vraiment désolée. Pas pour toi, évidemment, mais pour Carole, et pour Karyne, qui va bientôt se taper une méchante débarque, et les autres qu'on connaît pas, tant qu'à offrir des condoléances, aussi bien penser à tout le monde...

Il n'a pas cherché à se défaire de cette dernière accusation voilée, sans surprise. Pour la caméra du bureau, je gardais la main sur la poitrine et la tête baissée pour feindre d'être sincèrement désolée. Par en dessous, couvé par mes yeux à moitié virés dans mes paupières, mon plus beau sourire de sociopathe. Je n'avais peur de rien, ni de lui ni des conséquences possibles de mon geste. Canalisée, ma colère me fortifiait. S'agissait de mettre en veilleuse la gentille fille, la douce maman, l'employée exemplaire, l'épouse fidèle et aimante, la femme plate, et le tour était joué. Mais comme je découvrais ce pouvoir avec un retard d'un demi-siècle, je manquais de temps pour les délicatesses, je l'avoue. Tiède, le café aurait eu le même effet.

— « Sauve ce que tu peux encore sauver de ta vie, si y est pas trop tard, fond de short. »

— Noooon ! Tu y as pas dit ça ?

Claudine se tenait la tête à deux mains, trouvait que c'était un peu fort de café.

— J'ai peut-être juste dit « gros cave », me rappelle pus trop. Mais j'avais une belle voix chaude, ça sonnait bien.

— Diane, merde ! Faut garder les employés, pas les *flusher*. Tu vires Carole…

— On était d'accord là-dessus avant que je la rencontre.

— … Karyne va se défenestrer…

— À le saura pas, y diront rien, trop à perdre, pis les fenêtres ouvrent pas aux étages.

— … pis Jean-Jean va sacrer son camp.

— Je pense pas, non, malheureusement. On sait trop d'affaires sur lui, y va juste longer les murs pendant un bout de temps pour se faire oublier.

— T'écoutes trop de télé.

— Pis on va en trouver, des employés, j'ai plein d'idées. À commencer par faire un peu de bricolage dans l'organigramme, déjà, y a trois divisions administratives, c'est ridicule... Mais bon, pendant que tu m'en veux, dis-moi ce que tu voulais me dire de plate, hier.

Elle a grimacé, poussé beaucoup d'air par le nez, comme un enfant forcé de finir son assiette. Pire que plate, donc. Je me suis concentrée sur le merveilleux pouvoir de la canalisation pour mieux pouvoir encaisser le coup.

— Qu'est-ce que tu fais en babouches ?

— Enweille, parle.

— L'équipe du marketing.

— Maudit que t'es fatigante avec ça...

— C'est grâce à ça, justement, que j'ai négocié pour toi. Ton contrat, ton salaire, toute la patente. Le patron voulait une place pour son osti de gendre que je peux déjà pas sentir, moi, j'avais besoin d'aide, j'étais à deux cheveux de péter au frette. Fait que j'ai fait comme un genre de chantage. J'aurais dû te le dire, désolée.

— Donc c'est pas renouvelable, ça l'a jamais été. Une fois le gendre placé, c'est fini.

— Pas nécessairement. Mais si ton contrat est pas renouvelé, je sacre mon camp moi aussi. C'est pas vrai que je vais faire une crise cardiaque juste pour gérer du monde.

J'ai laissé passer quelques secondes pour encaisser le coup, avaler la dimension chantage qui venait de s'ajouter au contrat, comme si je venais de me découvrir de l'amiante dans le plafond. La bataille serait plus dure que prévu, mais c'était une bonne journée pour ce genre de proposition, j'étais encore sur l'adrénaline. Je me suis levée doucement et lui ai tendu la main.

— Tu vas venir travailler à l'école avec moi, si ça marche pas ici ?

— Quand les truites auront du poil, ma belle.

— On va s'arranger pour renouveler c'te contrat-là, d'abord.

Elle m'a prise dans ses bras, promis de payer le bourgogne aligoté jusqu'à la fin des temps, ce qui voulait probablement dire jusqu'à la fin de l'été. Je ne lui en voulais pas, non, ni pour ça ni pour l'enveloppe, des maladresses qui n'occultaient pas à mes yeux son profond désir de me protéger. Elle m'aimait tout croche, que je lui ai fait remarquer. Et puisque ma réaction lui laissait voir que j'étais dans une forme splendide, elle a cru bon en profiter pour m'annoncer tout de suite que Fernand de la maintenance ne reviendrait plus, comme dans plus jamais.

— Y est mort ?

— Un peu.

— Non ! AVC ?

— Y refaisait le bardeau de la toiture du cabanon chez son beau-frère, déjà, à son âge, c'est une drôle d'idée, mais en plus, y était pas attaché, y croit pas à ça, s'attacher, que sa femme m'a dit.

— Laisse faire les détails !

— Y est tombé en bas, en pleine face, les deux poignets cassés : deux opérations, des tiges, des vis, des mois de réhabilitation, la retraite. C'est fini, f-i-fi, n-i-ni, *dixit* sa femme.

— Mais y est pas mort pantoute !

— Un gars manuel pus de mains, c'est à peu près la même affaire…

Contrairement à sa femme qui voyait d'un bon œil que son mari prenne sa retraite avant de mourir – 74 balais, tout de même –, nous étions dans la merde jusqu'au cou : Fernand travaillait 45 heures semaine, 50 semaines par année, connaissait personnellement chaque gond de porte de l'immeuble. Claudine jugeait que trois gars seraient nécessaires pour le remplacer alors que sa banque de réserve de candidats était complètement à sec. Toutes les offres lancées ces derniers mois étaient restées lettre morte. L'espèce du factotum s'était éteinte, dans la plus grande discrétion. Et sans lui, la machine ne tarderait pas à s'enrayer.

— Ça aurait été un maudit beau poste pour ton Guy.

— C'est le fun, le conditionnel, dans ta phrase.

Elle refusait d'un geste mécanique tous les appels qui entraient, sans même regarder son écran. *Lâchez-moé, maudite bande de fatigants!* Quelqu'un s'est mis à cogner à la porte. Elle s'est tournée vers la fenêtre derrière elle, l'air de vouloir sauter.

Je l'ai laissée aux mains d'une employée au bord de la crise de nerfs, le nez plongé dans un tas de Kleenex déjà bien humides. C'était moins ragoûtant, des nez morveux d'adultes, impossible de le nier. Il m'arrivait d'avoir des pensées douces pour mes petits élèves mignons de partout, corps et âmes taillés dans l'innocence et la chair rose qui sécrète de la morve toute neuve.

J'ai pressé le pas pour ne pas être vue en babouches. Diriger demande un certain *standing*. C'est en tournant le coin du couloir, au pied de l'escalier de service, que Nathalie s'est matérialisée devant moi, habillée en astronaute. Le casque d'écoute qu'elle portait enveloppait une bonne partie de sa tête et sa veste avait des allures de cotte de mailles. Elle avait rassemblé tout son courage pour venir m'attendre devant mon bureau, hors de son *bunker*, loin de l'attirail anti-ondes pensé par Fernand qui la sauvait des migraines.

— Ça se passe bien pour toi ?

— Oh ! Tes pieds…

— J'suis un petit peu pressée, Nathalie, faut que j'aille voir mon bébé chien.

— C'est que j'aurais aimé… un bébé chien, wow, chanceuse… parler à ta belle-sœur, celle qui souffre de HSE. Je me disais que ce serait bien de pouvoir entrer en contact avec elle, je me méfie un peu des réseaux, les gens, des fois…

Je ne pouvais pas laisser le mensonge gâcher une journée de canalisation presque parfaite – à une paire de souliers près. Impossible de louvoyer dans cette histoire où je tomberais dans un piège à chaque phrase. Aussi bien sauter.

— Ma belle-sœur souffre pas de HSE. D'autre chose, c'est pas clair, mais pas de ça.

— Ah non ? Mais tu m'as dit ça, Diane, je l'invente pas ?

— Oui, j'ai dit ça, mais c'est pas vrai. J'avais besoin de te mettre en confiance, j'ai juste trouvé ça. C'est vraiment *cheap* de ma part, j'suis désolée.

De déception son regard s'est couché. Elle a eu un mouvement de recul, très lent, très mesuré, comme la proie qui tente une fuite discrète quand elle comprend qu'elle est cernée.

— Tu penses que j'suis folle ?

— Je pense que tu souffres, pour vrai.

— Mais de folie, pas à cause des ondes, comme tout le monde.

La lucidité lui cassait le ton. Je m'en suis voulu d'acquiescer, même dans ma tête. Je croyais sincèrement en l'inflammation émotive de son cerveau, oui. Pour le reste, je n'y arrivais pas. Mais Claudine m'avait parlé de la formidable efficacité de cette femme impossible à distraire, à classer dans les irremplaçables.

— As-tu le temps de venir dehors avec moi ?

— Pourquoi ?

— Je veux te montrer quèque chose.

— Je sais que la ligne de haute tension est loin, c'est pas pour rien que j'ai accepté de venir travailler ici.

— J'ai aucune idée où se trouve la ligne de haute tension.

Dans le stationnement, elle s'est à nouveau braquée en me voyant ouvrir la porte de ma voiture sans utiliser de clé. Je n'y avais pas pensé, les ondes sont partout, de quoi devenir dingue. Elle pouvait rester en sécurité sur le gazon du terre-plein, je n'en avais que pour une minute. J'ai ouvert le coffre, pris ma masse, mes galettes de talons hauts aux aiguilles pendouillantes, et suis revenue à côté d'elle.

— Ça paraît moins que d'habitude comme ça, mais c'est des souliers à talons hauts, ceux que je portais à matin. Sais-tu combien ça coûte, des escarpins de même ? À ce prix-là, y mettent des beaux mots pour parler des souillers.

— J'en porte pas, fait que non.

— Trop cher. Sais-tu pourquoi y sont dans cet état-là ? Non, tu peux pas savoir non plus. C'est parce que je les ai écrasés. Avec cette masse-là. On dirait presque que j'ai roulé dessus.

— Ah, les gougounes, oui…

Je lui ai expliqué la colère puissante comme une marée qui me montait parfois à la tête et que je ne parvenais à dompter qu'en brisant des objets, une desserte en bois de rose comme celle qu'elle pouvait voir couchée dans ma voiture, par exemple. Au bout de dix minutes et d'autant d'anecdotes, j'ai fini par lui arracher un sourire. De quel droit me serais-je permis de la juger, moi ?

Juste avant de s'engouffrer à nouveau dans l'immeuble, au moment où je me disais que j'avais peut-être encore gaffé, elle s'est retournée vers moi.

— 1,6 kilomètre. La ligne de haute tension.

— C'est bon ou pas bon ?

— C'est ça.

Dans la ruelle, les Ostimans étaient à l'œuvre sur une carcasse de char, les miches à moitié à l'air. Un système de poulie courait de leur garage au poteau de téléphone le plus près. Dans le seul coin libre du garage, un grand bol d'eau, un os en cuir, un coussin. Au milieu, les quatre fers en l'air, sans ennemi naturel déclaré, Fiouze, mort d'épuisement. Il n'a pas bougé quand le *Quin Cécile !* a retenti, à peine ouvert l'œil une fois déposé sur mes genoux. Je l'ai caressé longuement pendant que Raymond me racontait ses péripéties du matin, les jeux dans la ruelle, la rencontre avec Chris Nilan – ils avaient rebaptisé tous les chats du quartier avec des noms de joueurs de hockey –, le chat pas commode du voisin, les pipis, les cacas, tout. Comme je ne connaissais rien aux chiens, j'ai fait semblant d'être épatée. Avec des rallonges de cordes jaunes placées en des endroits stratégiques, il pouvait se déplacer à sa guise. Jamais sans surveillance, au grand jamais. Mais il avait eu besoin de la laisse et d'un peu plus de bouffe, donc la fille aux cheveux bleus lui avait ouvert la porte de mon condo pour lui permettre de les récupérer.

— Bleus ?

— Comme ses mains. Une *bad luck*, y paraît.

Je ne suis pas allée voir, tout me faisait peur, les cheveux comme le fond du bain, le divan, les vêtements. À part *Ta mère va t'étriper*, je ne voyais pas ce que j'aurais pu dire de plus à cette enfant désœuvrée qui s'égayait le cheveu à défaut de savoir comment le faire avec sa vie.

— Tu peux laisser le chien ici, y dérange personne.

De toute évidence. Je n'aurais jamais eu le cœur de l'enfermer dans mon appartement, de le laisser seul dans sa cage. J'ai pris une photo pour Charlotte, lui montrer que je prenais soin de son chien, que j'avais choisi de déléguer un moment sa garde pour son bien. Et ma paix d'esprit. Adèle avait même participé à l'organisation de l'affaire. La série d'émoticônes d'animaux aux yeux en cœur m'a rassurée sur mon choix. Par simple curiosité, j'ai demandé à Raymond si mon chat Steve avait lui aussi reçu un nom de joueur de hockey.

— Prends-le pas mal : Ron Hextall.

— Je le connais pas.

— C'est mieux de même, c'était pas un tendre.

— Pis Cécile, c'était une joueuse de hockey ?

— Non, notre serveuse préférée chez Johnny.

Un compliment, donc. Dire que je m'étais imaginé tout ce temps-là qu'ils se payaient ma tête. J'ai bombé le torse et suis rentrée.

Stéphane bombardait Charlotte de fiches de maisons à visiter, elle dont le cœur était resté dans celle qui leur avait échappé, ferré quelque part entre les vieilles moulures de bois et le vaisselier encastré. Doum et elle étaient désormais prisonniers d'une émotion à retrouver, ce qui compliquait passablement leurs recherches. J'ai pensé à mes chèques et aux portes qu'ils pourraient ouvrir.

Ses ongles avaient été repeints plus sobrement. Des fines lignes asymétriques blanches s'entrecoupaient sur fond transparent. Joli. J'avais en main deux ensembles d'ancrages papillons semblables au premier. Lydia m'a reconnue.

— Oh ! On en ajoute d'autres ? Un circuit aérien pour le chat ?

— Non, l'autre s'est ouvert dans le plafond, j'ai trop dévissé, je pense. Pis mon chat est mort.

— Oh ! Mon dieu !

Tous les clients en file derrière moi ont inspiré d'un coup : la preuve qu'on m'écoutait. Lydia tenait sa bouche à deux mains.

— NON ! Non, non, s'cuse-moi, aucun rapport. Mon chat a eu un problème d'intestin, aucun lien avec la vis, aucun, désolée. Mon chat est mort d'une maladie.

Lydia a mis sa main sur son entreseins en baissant les paupières, pendant que je pivotais vers la file la main levée, en signe de paix, espérant ne pas avoir déclenché d'infarctus. Mais tout allait bien, tout le monde était déjà retourné à son cellulaire faire semblant d'être dans sa bulle.

Lydia a jeté un œil vers le comptoir de service qui était désert, soulevé un combiné posé à côté de la caisse: « Un conseiller demandé aux caisses, un conseiller aux caisses. Merci ! » Elle m'a fait signe de l'attendre.

C'est le beau Phil nul en crochets qui s'est pointé, à la vitesse d'un ado en route pour nettoyer sa chambre, les pouces plantés dans ses poches de jeans. Quand Lydia l'a vu approcher, elle s'est empressée de se glisser hors de sa caisse tout en me faisant signe de la suivre.

— Prends la caisse s'il te plaît, Phil, faut que j'aide la madame.

— Nenenenenon, attends ! Je peux pas, je t'envoie Béatrice.

— La madame est pressée, c'est son heure de lunch. Je reviens.

Au deuxième *Lydia, attends*, nous étions hors de sa portée.

Dans l'arrière-boutique s'empilaient des boîtes, des matériaux de construction, des verres à café, une infinité de petits objets que je n'aurais su nommer. Lydia a déniché un bout de planche de bois percé pour me faire une petite démonstration. En voyant d'un même coup d'œil les deux extrémités du mécanisme, je comprenais l'erreur que j'avais faite. Sur sa planche comme dans mon plafond, le papillon libéré ne servait plus à rien. Pendant ce temps-là, dans l'intercom de la quincaillerie, Philou s'égosillait : « Béatrice est demandée aux caisses, Béatrice aux caisses. » C'était le fils du proprio, m'a expliqué Lydia, il n'en avait rien à foutre de la quincaillerie, et tout le monde était obligé de se le farcir parce que le paternel s'entêtait dans l'idée qu'il prendrait un jour la relève. Vu de cet angle-là, il faisait presque pitié.

— Aurais-tu encore deux minutes ? J'ai une table un peu brisée dans mon char, je me demande si ça vaut la peine de la faire réparer.

On est sorties par la porte de service pour se faufiler jusqu'à mon auto. Elle a rendu son verdict au premier coup d'œil, sans même tâter le bois.

— C'est du plaqué, regarde la pièce fendue, là.

— Non, c'est du bois de rose massif. Des Indes.

— C'est du plaqué sur du MDF.

— MDF ? C'est de l'arnaque ?

— Ça dépend de ce qu'on t'a dit en te la vendant.

— C'est un cadeau de ma belle-mère. Ex-belle-mère. À m'a dit *massif*.

— Bon, à toi de voir pour l'arnaque, mais y te reste trois bonnes pattes. Tu pourrais t'en faire une à l'identique en refaisant le caisson du haut. Avec un tiroir à coulisses, ce serait plus pratique. Les poignées sont belles.

J'étais un peu sonnée, ma belle-mère m'avait refilé du toc en le faisant passer pour une pièce de bois rare et je n'y avais vu que du feu. Qu'en était-il des autres meubles, ceux que j'avais passés par la fenêtre en pièces détachées, des bijoux, des cachemires, des sacs à main signés ? Qui sait, je n'avais peut-être pas plus vu là ce que je n'avais pas su voir ici ? Comment savoir, maintenant ? C'est le problème avec les trahisons, elles créent une faiblesse structurale qui finit par tout remettre en doute.

— Bon, faut que j'y retourne, l'autre doit être sur le bord du choc vagal. Repasse si y a de quoi d'autre. Désolée pour ton chat.

— Merci, t'es fine. Attends… tiens, ma carte, j'aurais peut-être une *job* pour toi.

— Une *job* ?

— T'es peut-être bien ici, remarque, je veux pas t'insulter.

— Ben non, au contraire, c'est flatteur.

— Appelle-moi, je t'expliquerai tout ça.

Elle a lu la carte d'un air mi-amusé.

— « Claudine Poulin, direction des ressources humaines. »

— C'est la secrétaire de direction, moi, c'est Diane, Diane Delaunais. J'adore ma perceuse, en passant.

J'ai tout fait pour essayer de m'en empêcher, mais j'étais trop curieuse de l'entendre patiner ou me broder une excuse bidon : j'ai appelé mon ex-belle-mère pour qu'elle me parle de la table. Fidèle à elle-même, transgressant toutes les règles de la communication téléphonique établies depuis le début des temps, elle n'a pas dit *bonjour* ou *allô*, mais prononcé mon nom dans les aigus en feignant d'être heureuse de m'entendre.

— Dîânê ! En quel honneur ?

— Blânchê ! Merci, je vais bien, toi ?

— Y fait tellement beau.

J'ai jugé que nous avions suffisamment *smalltalké*.

— La desserte en bois de rose que tu nous as donnée est pas en bois massif, c'est du plaqué.

— Je pensais que t'avais détruit tous les meubles que je vous avais donnés ?

— C'est le dernier. Mais je l'ai promis à Charlotte.

— Belle idée. As-tu autre chose à me dire ?

— Tu le savais ou tu t'es fait avoir toi-même ?

Ça me faisait plaisir de lui tourner le fer dans l'orgueil. Elle devait se mordre l'intérieur de la joue en regardant ses ongles, les jambes croisées. J'aurais dû l'appeler en visioconférence.

— Pourquoi penses-tu que je te l'ai donnée, ma belle ?

On ne gagne jamais, avec Blanche, c'est ce que j'avais oublié, jamais. Mais depuis que je n'étais plus tenue à aucune relation officielle avec cette femme, je pouvais la haïr tendrement. J'ai lâché un petit rire en lui raccrochant au nez.

Après quelques déchicanages et un cas complexe de harcèlement à prendre en charge – j'allais devoir m'atteler à mes livres et suivre rapido une formation, l'affaire me dépassait un peu –, je suis passée à l'épicerie pour faire quelques courses. S'il y avait encore un petit poulet rôti, je me contenterais de le grignoter dans le contenant en plastique une fois à la maison. Je commencerais par les ailes, à dépêtrer de la corde, puis j'attaquerais la peau des cuisses, épaisse et croustillante, puis celle du dos. Je plongerais ensuite mes doigts dans le blanc pour me donner bonne conscience et éponger le surplus de gras dans mon estomac avant de finir par les sot-l'y-laisse, au cas où ce serait vrai. Je replacerais le couvercle de plastique sur mon carnage, l'affaire serait ketchup, merci bonsoir, pas de vaisselle. La tête égayée par mon repas qui n'en était un qu'à moitié – j'attraperais une carotte ou deux pour ma portion fruits et légumes que je mangerais la tête dans le frigo –, je suis tombée, une fois dans l'épicerie, sur une file de clients qui refoulaient jusqu'aux réfrigérateurs à bières. Deux haies d'impatients qui roulaient leur panier pouce par pouce, bien décidés à tuer à la moindre tentative de dépassement. De la section des légumes où je me trouvais, je voyais parfaitement le réchaud à poulets vide. *Y a même pus de bananes, crisse*, a dit une femme en laissant son panier au milieu de la place, avec un gros melon d'eau au fond, visiblement très contrariée de ne pas avoir accès, dans l'immédiat, à des fruits frais d'Amérique latine posés sur des crochets pour l'effet bananier. Un homme d'âge mûr se demandait tout haut si nous étions en Union soviétique, semblant croire que trois-quatre tablettes vides étaient le signe de l'effondrement de notre système politique. J'ai tourné les talons, beaucoup trop fatiguée pour tolérer de pareilles inepties. Ma petite allumée de la dernière fois n'était pas là, heureusement pour elle. C'est là que l'idée m'est venue.

Au comptoir de service, il n'y avait personne, évidemment. Derrière les panneaux métalliques censés nous les faire oublier, les cigarettes à 2 000 $ la cartouche. J'ai pensé à Claudine et son invraisemblable régime.

— Y a personne au comptoir, faut passer aux grosses caisses, madame, m'a lancé de loin l'une des caissières.

— C'est pour un formulaire de demande d'emploi.

En une contorsion et quelques enjambées, sans lâcher le chou-rave dont elle s'apprêtait à entrer le code, elle s'est matérialisée devant moi. Trois secondes plus tard, un formulaire à en-tête coloré au logo de l'épicerie apparaissait sur le comptoir. Dans ses yeux, comme une lueur d'espoir, un peu d'amour, même.

— Mets-le là, on va te *caller* tantôt.

— Tantôt ?

— La gérante s'en vient, on est trop dans le *rush*.

Avant que les soupirs d'exaspération de la madame à qui c'était le tour ne se transforment en râles, elle est retournée faire rouler le tapis, l'économie, la vie.

Au fond du stationnement de l'épicerie, dans le coin odorant des conteneurs à déchets, j'ai sorti la table en plaqué, ma masse, et récupéré les trois bonnes pattes. C'est pas toujours nécessaire, quatre pattes. Steve, feu mon chat de poche, aurait été d'accord. J'ai jeté un regard dans le vide, direction paradis des chats.

Fiouze était lessivé, je n'aurais pas besoin de lui faire prendre une marche. Il avait déjà mangé, fait ses besoins, joué jusqu'à l'épuisement. Je me sentais comme une de ces femmes qui ne voient leurs enfants que lorsque la nounou a comblé tous leurs besoins, qu'ils sont beaux, fatigués et sentent bon. Comme elles, j'honorais mon titre, et rien de plus. Le chien ne s'en portait que mieux.

Comme il ne voulait pas monter l'escalier, je l'ai pris dans mes bras, je pouvais encore me le permettre. Pour l'instant, j'évaluais qu'il ne pesait pas plus d'une quinzaine de livres ; dans quelques mois, soixante-dix. Si Charlotte ne le récupérait pas rapidement, j'allais devoir envisager de le dresser ou d'installer un monte-charge.

J'étais plongée dans l'étude du menu de la rôtisserie quand Claudine est débarquée sur ma terrasse, sans même passer par chez elle – ce que je déduisais de l'absence d'une bouteille de solution temporaire dans ses mains. Le souffle court, en syllabes saccadées à moitié dégonflées, elle s'est lancée dans une engueulade peu convaincante.

— Ta sefff… crétaire ?… Moifff ?…

— J'ai pas encore mes cartes d'affaires. Cuisse ou poitrine ? On dirait qu'y a pus de spécial du chef.

— T'as… du fffront… en ci… monaquefff… Delaunais…

— Avec des côtes levées, ce serait un peu lourd pour un début de semaine, non ? En tout cas, pas de mille-feuilles si je prends des côtes.

Elle s'est affalée dans la bergère en osier, lançant ses souliers contre le mur de briques. Dure journée pour les talons. Fiouze s'est glissé furtivement jusqu'à ses pieds pour les lui lécher, passionnément, à la folie. Typiquement Golden qu'avait précisé Charlotte, c'est leur façon d'aimer. Deux litres de bave plus tard, tout le monde semblait calmé. C'est le moment qu'a choisi Adèle pour débouler dans notre paix fragile. Elle s'est plantée devant sa mère, le doigt en l'air, la mâchoire serrée. Il aurait fallu inventer des mots pour décrire sa nouvelle couleur de cheveux. Le bleu du départ, somme toute une bonne idée maintenant qu'il y avait bien pire, s'était laissé avaler par un mauve inquiétant, douloureusement pimenté de notes saumon.

— T'as pas le droit de faire ça, c'est de l'esclavage !

— Tes cheveux, minou…

— L'ÉPICERIE VIENT D'APPELER ! T'AS REMPLI UNE DEMANDE D'EMPLOI À MA PLACE, C'EST ILLÉGAL, T'AS PAS LE DROIT DE ME FORCER À

TRAVAILLER, C'EST DANS LA CHARTE, J'SUIS ENCORE UNE ENFANT…

— J'ai jamais fait ça, voyons, Adèle.

— C'est moi !

Elles se sont tournées vers moi, aussi joliment empourprées toutes les deux, mais pour des raisons complètement différentes.

— Y sont dans le jus, t'as 17 ans, tu te pognes le cul, salaire minimum plus 25 cennes, c'est légal, normal, trèèès sain. Pis la caissière de tantôt parle comme toi, vous aurez pas besoin d'interprète.

— T'as pas le droit de faire ça.

— C'est pour ton bien. T'as juste à refuser.

— POUR MON BIEN ! Tu me niaises ? J'ai eu l'air d'une maudite conne, je comprenais rien de ce que la bonne femme me disait !

— Pis t'as répondu quoi, finalement ? a fait Claudine, que la conversation intéressait beaucoup.

— Pas le choix, j'ai besoin d'argent pour sacrer mon camp à l'autre bout du monde pis pus vous voir.

— Tu veux aller chez grand-maman toi aussi ?

— Aaaark ! Jamais de la vie !

— Ou en Australie, genre ? ai-je essayé. C'est vraiment loin.

— À quèque part où vous serez pas toujours en train de contrôler ma *fucking* vie !

— T'sais qu'y a des araignées grosses comme ma main là-bas ?

— Ça prend une pelle, écraser ça, mon amour.

— Regarde ! Vous essayez encore de me contrôler en me faisant peur ! Vous êtes des *control freak* fascistes !

Elle est repartie totalement enragée, piochant de toutes ses forces pour se donner du poids. Fiouze s'est glissé sous le divan, derrière mes pieds, prêt à se faire encore plus petit. Le silence qui a suivi avait quelque chose de rassérénant, de magique. On s'est laissé envoûter un instant, au cas où ça ne durerait pas – l'épicerie n'avait pas encore vu ses cheveux et Adèle n'était jamais restée debout plusieurs heures d'affilée.

— *Oh. My. God.* J'en reviens pas, t'as fait ça ! Imitation de signature pis toute ? T'es complètement folle !

— T'as dit quoi à la fille qui t'a prise pour ma secrétaire ?

— Pas grand-chose, à voulait te parler.

— J'ai lancé une perche de même, je pensais jamais que ça marcherait. Devine ce qu'on va y offrir, à cette fille-là ?

— Un de nos six postes de secrétaire disponibles.

— Nenon : le poste à Fernand. C'est une manuelle, une vraie. Famille de menuisiers depuis dix-huit générations, une perle.

On pense *homme à tout faire* comme à *femme de ménage*, Claudine n'avait jamais pensé à cibler les femmes dans ses offres. Il faudrait revoir les formulations et les titres. Pour l'heure, nous devions aussi essayer de protéger le salaire de Fernand pour que son poste soit attrayant, tant pour Lydia que pour celles et ceux qui suivraient.

— Je pourrais ajouter « chasseuse de têtes » sur mes cartes, si la commande est pas encore partie.

— Avec un arc à flèches pis un Bambi, une fois partie ?

Le reste de la soirée a été dédié à l'autopsie de l'histoire de Carole-Jean-Jean-Karyne, que Claudine n'avait pas plus vue venir que moi, même si tout le casse-tête était là depuis le début. Ça me faisait de la peine de l'admettre, mais je sentais qu'elle avait raison : nous n'y avions pas pensé parce que Carole était une femme de 53 ans bien en chair, hors du *casting* traditionnel pour ce genre de triangle amoureux. On s'est regardées un moment sans rien dire, troublées par la violence du formatage que nous avions inconsciemment subi et qui nous amenait tout naturellement à juger les autres et, par la bande, à nous autoexclure de ce type d'histoire.

Claudine a tenu à ce qu'on aille rejoindre les Ostimans. *Sinon, on parle juste de la job*, qu'elle a dit. J'ai fait semblant de croire que c'était un bon argument. On est descendues avec nos verres et le reste de la bouteille pour retarder le moment de la petite frette. Je suis remontée juste avant, pas Claudine.

J'ai presque réussi à garder Fiouze pour la nuit. Je pensais vraiment que j'y arriverais. Au troisième pipi, j'ai craqué. On mène les combats qu'on peut. J'allais devoir me mettre à l'entraînement pour pouvoir être grand-mère.

Une fois de retour sur ma terrasse, j'ai tendu l'oreille. Je voulais savoir de quel nom mon chien avait hérité. Gretzky, peut-être ? Finalement, Jodie, prononcé bizarrement, très appuyé sur le Jo. Pour un mâle, c'était peu banal. Qui sait, un hommage à une femme aimée peut-être, à une fille lointaine, à une actrice fabuleuse.

11

Où je ne vois pas venir la vengeance d'Adèle.

L'ultimatum que nous redoutions pour le poste en marketing est entré dans nos courriels du mercredi matin : le patron serait dans la boîte pas plus tard que vendredi, ça nous prenait une tête de marketeux sur le billot. Il avait suffisamment patienté. Un peu plus de trois semaines après mon entrée en poste sous prétexte de ce mandat, on pouvait difficilement être en désaccord.

Les dossiers de chaque membre de l'équipe formaient un soleil sur la table de conférence devant moi, comme dans les trop nombreux films d'enquête policière que je m'étais tapés ces derniers temps. Comme eux, je regardais le tout avec pénétration sans trop savoir ce que je cherchais, complètement perdue. Avec quelques rasades de scotch et trois nuits blanches d'affilée, j'aurais peut-être eu plus de succès, mais le temps me manquait. Mes yeux sautaient d'une information à l'autre sans parvenir à en extirper le moindre levier utile. Les convoquer en entrevue individuelle les mettrait sur leurs gardes, les amènerait à se parler, à s'inquiéter avec raison de ce qui prendrait des airs d'enquête. Leur annoncer en groupe que quelqu'un devait se sacrifier pour laisser place à Kingpin – surnom choisi par Claudine pour le neveu privilégié – nous mènerait à l'émeute. J'ai donc fait ce qui me réussissait le mieux jusqu'à présent : consulter les spécialistes des entrailles de la boîte.

Ils se doutaient bien que j'étais venue leur quêter des petites faveurs sans billet en me voyant débarquer dans leur grotte avec des vanille française et des beignes. Comme d'habitude, ils n'ont pas lâché leur écran pendant que je leur expliquais, en mots précis, des besoins parfaitement vagues. Je devais trouver une brèche dans l'équipe, sortir un joueur, gentiment, délicatement. Je leur demandais tout et rien à la fois, ce qui ne semblait pas les embêter outre mesure. La bouche pleine, Étienne m'a dit : « C'est bon, on gère. »

— OK. Super. Merci. Mais… vous allez faire quoi, au juste ?

— Quettechose, a fait Dylan en tapant frénétiquement sur son clavier.

À requête floue, réponse floue. C'était de bonne guerre.

Je suis passée par le bureau de Nathalie en remontant, juste pour voir. Qu'elle soit restée m'épatait totalement ; qu'elle se soit servie des barres résilientes pour y poser des cadres dépassait tout ce que j'aurais pu espérer. Elle avait besoin de beau et de couleurs, comme tout le monde. Ça m'a presque remuée. Les cadres avaient peut-être des vertus absorbantes, je n'ai pas demandé. Elle a levé la tête en me voyant entrer.

— Allô Diane ! Le chien va bien ?

— Mon gentil voisin le garde, ça pourrait pas aller mieux.

— Beaux souliers.

— J'ai mis des bibelots de secours dans mon coffre, pour les prochains… débordements. Si jamais ça te tente, j'en ai pour deux.

J'ai vu ses dents, pour la première fois. C'était vraiment une belle femme, dans un mini-format, comme rapetissé à force de discrétion.

Dans les toilettes du troisième, dédiées désormais comme toutes les autres aux humains tous genres confondus, il y avait quelques personnes, dont Ji-Pi. L'un des murs porteurs qui n'avaient pu être abattus au moment des réaménagements de l'espace offrait une séparation naturelle entre les sections miroirs et urinoirs, par ailleurs immenses, ce qui avait pour conséquence que tous ceux qui avaient envie d'ajuster leur maquillage ou de pisser debout tranquilles convergeaient vers le troisième. Ji-Pi a salué un collègue, s'est dirigé vers moi, comme il l'aurait fait dans un cinq à sept.

— Allô Diane !

— Salut ! Comment vont les recherches de maisons ?

— Ça va pas pire, j'ai fait une offre en fin de semaine.

— Déjà ! À Limoilou ?

— Saint-Sacrement. Mais je l'ai pas eue, on était sept à en faire une en même temps, c'est débile. C'est sorti à 40 mille piasses au-dessus du prix demandé, c'est complètement décourageant.

— Je sais, ma fille cherche aussi. Toutes les maisons y filent sous le nez.

— C'est ta plus vieille ?

— Ma plus jeune, Charlotte, la vétérinaire. Ses frères sont plus vieux.

Sans surprise, les néons des toilettes lui allaient bien. Certains tueurs de beauté ne sont tout simplement pas assez puissants pour contrecarrer les plans de la nature. Même le léger renflement de son ventre, sous sa chemise marine à pois blancs, avait quelque chose de mignon. J'aurais été partante pour qu'il s'approche, m'attrape la tête, m'embrasse, du bout des lèvres ou à pleine bouche, sans préférence pour l'un ou l'autre des scénarios.

Tant qu'à me faire plaisir, je me racontais qu'il luttait intérieurement pour ne pas succomber à la tentation, mon titre de directrice nous aurait mis dans l'embarras. Ji-Pi est un professionnel intègre qui connaît les écueils du désir, il se retenait parfaitement, ça ne paraissait presque pas.

— Bon, j'y retourne, les dossiers s'accumulent. Y nous manque une comptable depuis six mois, on pédale.

— Si t'as besoin de ventiler, passe prendre un verre demain pour le 5 à 7, si ça te tente. Chez nous ou chez Claudine, c'est quasi pareil.

On est folle ou on ne l'est pas. J'ai croisé les doigts dans mon dos.

— Pourquoi pas ! Ton Stéphane veut que j'aille voir des condos en fin d'après-midi. Super *cool, by the way*, le gars. Je passerai après, si vous êtes encore là.

— Bah, on va jamais ben loin, inquiète-toi pas. Amène rien, surtout, on a tout ce qu'y faut au moins en double.

J'ai réussi à contenir mon excitation jusque dans l'escalier. Une fois seule, j'ai retiré mes souliers et me suis offert quelques étages à la course pour canaliser cette belle excitation. Tant pis pour la sueur. Une fois calmée, je me suis mise à penser aux bouchées qu'il faudrait préparer, au ménage, à ce que je porterais, au vernis de mes ongles d'orteils, aux lumières d'ambiance en guirlandes que je n'avais toujours pas achetées, au palmier, qui ferait joli dans le coin de la terrasse, à mon moule à glaçons en forme de cactus encore dans le fond d'une boîte, à la couleur de mes sous-vêtements, au cas où, à ce que je dirais, ne dirais pas, à la possibilité d'appeler Madeleine pour qu'elle nous commande grâce à ses ondes une petite pluie de fin de soirée afin que ça se termine à l'intérieur, dans un espace plus propice aux rapprochements.

Quand je suis entrée dans la salle de conférence pour rencontrer le quatuor des créatifs qui se crêpaient le chignon pour une histoire pas claire de vol d'idée ou de plagiat – *Ça se prend pas pour des 7 Up* flat, *c'te gang-là*, m'a dit Claudine –, j'étais beaucoup trop détendue. Je n'avais pas encore posé une question qu'un bras entièrement tatoué en pointait un autre, encore plus tatoué, pour l'accuser sans préambule de lui avoir tout volé, son travail, son âme, sa vie. Des intenses, j'ai pensé, des vrais. Tant mieux, j'étais dans une forme spectaculaire, chargée à bloc.

— On parle de quoi exactement ici ?

— Le logo de la nouvelle interface web, entre autres…

— Qui a fait le logo ?

— Moi ! ont fait en chœur les deux colorés.

L'un comme l'autre prétendaient en avoir d'abord esquissé une version à la main. Remanié ensuite à de multiples reprises tant par les créatifs que les graphistes, le logo avait évolué jusqu'à une version finale que j'avais sous les yeux : les trois lettres de la compagnie imbriquées en une forme d'arche. Des courbes gracieuses qui créaient un effet de mouvement, d'accord, mais pas de quoi alerter un musée. Pourtant, les deux tenaient mordicus à ce que leur paternité soit reconnue, même si cette info n'apparaissait en fin de compte qu'au dossier. Les deux autres se tenaient à l'écart avec leur face de plâtre. Je ne les torturerais qu'en dernier recours : j'étais d'humeur généreuse.

— On met vos deux noms, d'abord.

— NON ! C'est mon logo !

— MON LOGO !

J'ai pensé à Salomon le sage et à sa proposition de couper un bébé en deux pour identifier la bonne mère - présumant que la vraie céderait plutôt que de le voir mourir.

— OK, pas de nom, ai-je fait en déchirant la feuille, pour le *show*.

Ils ont poussé des hauts cris, ça ne respectait pas les clauses de leur contrat respectif, ils avaient un portfolio à alimenter. Un logo, ça ne meurt pas, c'était moins convaincant comme menace. J'ai alors détaché deux feuilles de ma tablette, sorti deux crayons de ma mallette à documents.

— À *go*, je vous donne deux minutes top chrono pour me le dessiner, le logo. Pis gardez vos yeux sur votre feuille. *Go !*

Ethan - 36 ans, musique électronique, Californie, caniche, Bugatti, etc. - a refusé net, prétextant que c'était du chantage créatif, une méthode abusive, pendant que

Mohamed – jeune trentaine, Musée des beaux-arts, DeSerres, kayak – se déchaînait sur la feuille, la langue sortie, l'excitation dans le plafond.

— Mais ça fait des mois que je l'ai pas tracé, ça veut rien dire !

— Essaie pareil, sinon tu perds par défaut. Une minute dix.

— Y fait juste me copier, ça prouve rien !

— Une minute.

— Vous avez pas le droit de faire ça !

C'est une phrase que j'avais souvent entendue, dans les derniers temps, à l'école comme à la maison. C'était parfaitement vrai, par ailleurs, mais l'idée m'était venue spontanément, je n'avais pas le choix de *bluffer* jusqu'au bout.

— On m'a donné plein pouvoir pour régler ce conflit-là, qui empoisonne toute l'équipe, ai-je fait fermement en regardant les autres, toujours aussi peu enclins à collaborer.

Ethan a balayé tout ce qui se trouvait devant lui en criant que c'était de *l'ostie de bullshit* avant de sortir pour aller régler ça en montant au-dessus de moi dans la hiérarchie. Il savait où aller, a-t-il lâché avec son doigt menaçant. J'avais peut-être été un peu impétueuse, ma charmante patronne ne serait pas spécialement contente de le voir atterrir dans ses pattes. Mohamed m'a fièrement tendu sa feuille. L'essence des courbes était là, fioritures en plus. Ils avaient épuré pour la forme finale, les logos doivent être dépouillés. Malgré tout, c'était vrai, ça ne prouvait rien. L'une des deux faces de plâtre a tendu la main, saisi puis regardé le dessin, souri.

— Je fermais ma gueule jusqu'ici, mais là, je peux pus : c'est pas la première fois...

C'est Ethan qui l'avait fait entrer dans la boîte, il se sentait redevable, ne disait rien. Mais les bassesses s'accumulaient, pesaient sur sa conscience. Il ne voyait pas comment continuer en se taisant. Marius, qu'il s'appelait, comme celui qui lisait les nouvelles dans mon enfance. Soit, j'avais un témoin, le reste ne serait que formalités, mais je perdais tout de même encore un employé. Pour une déchicaneuse censée recréer l'harmonie et faire de la rétention, c'était plutôt raté.

Le foyer de Madeleine m'avait laissé un message. Rien de pressant, mais si je pouvais rappeler Johanne, ce serait gentil. Le calme m'a toujours beaucoup plus angoissée que la panique. J'ai sauté sur mon téléphone.

— Madeleine va bien ?

— Autant que possible, madame. On l'a transférée aux soins palliatifs.

— Oh non ! Qu'est-ce qui est arrivé ?

— Mais rien, madame, rien de nouveau. Juste la vie.

J'ai appelé Claudine en route pour lui dire que je prenais une heure ou deux pour aller voir Madeleine. La mort rôdait, elle serait là dans une semaine, un jour, une heure. C'est vague, la vie, ça ne se laisse pas mettre à l'horaire.

— Tu sors ça d'où, l'affaire du dessin ? Ethan est débarqué dans mon bureau en mangeant les murs...

— J'ai vu ça dans un film, me rappelle pus lequel. Je reviens tantôt, je passerai te voir.

— Ça va, toi ? Pour Madeleine, je veux dire…

— C'est la meilleure façon de partir, non ?

— C'est sûr, la meilleure. C'est même ça que je me souhaite, moins le bout au foyer.

— Ta Laurie est en train d'apprendre avec ta mère, tu vas être correcte.

— Pas sûre qu'à va avoir autant de patience avec moi…

Elle n'a pas pu s'empêcher de dire que nous ne pourrions plus aller à son chalet. Repousser les émotions à coup d'humour noir, la spécialité de Claudine. Je la devinais émue jusqu'aux larmes, juste à son timbre de voix un peu trop forcé.

— Pis stresse pas pour l'histoire avec les créatifs, j'ai ben du monde dans ma banque. Les universités nous en pondent en masse, des artistes, même si ça mange de la misère trois fois par jour en attendant de se trouver une *job*.

— On le vire ?

— Y va s'auto-*flusher* avant qu'on ait besoin de le faire, y a juste les coupables qui font des crises de même.

Tout se passait à une autre vitesse, dans l'aile palliative. L'agent de sécurité souriait, cure-dent entre les dents – dégoûtant, mais *relax* –, les membres du personnel infirmier marchaient, normalement, l'air de travailler comme tout le monde et non de courir après des bombes à désamorcer, pour une fois. Les gens que je croisais n'espéraient plus rien, ils venaient se recueillir au chevet de leurs morts encore un peu vivants, juste un peu. La résignation se lisait partout, même le vert menthe des murs qui se faisait moins laid qu'ailleurs, me semblait-il. Ma petite Madeleine était installée au milieu de son lit, avec sa robe mauve qui ne fripe pas, maquillée. Les couvertures s'enfonçaient à peine, sous son poids.

— Ah, Diane…

— Je passais dans le coin.

— Mais tu travailles.

— C'est mon heure de lunch.

— Faut que tu manges.

— J'ai mangé un sous-marin à la dinde, roquette, pesto et mayonnaise maison, tellement bon, dans un pain multigrains. J'ai pas pu t'en garder, j'avais trop faim.

Les détails rendent toujours les mensonges plus convaincants. Elle avait l'air contente.

— T'as l'air fatiguée, ma belle fille.

Ses yeux se fermaient et s'ouvraient très lentement, comme au ralenti. Sa fatigue à elle avait près de cent ans, la mienne se soignerait en une fin de semaine. Chaque battement de paupières avait l'air du dernier. Elle mourrait quand elle n'aurait plus la force de les relever. On se contenterait de la soulager jusqu'au bout.

— Toi tu pètes le feu, avec ton beau rouge à lèvres ! C'est quelle couleur, ça ?

— Y ont dit : « Voulez-vous vous maquiller, madame ? » J'ai dit oui… pour faire plaisir. J'ai jamais été ben ben coquette, en vrai.

Je me suis allongée à côté d'elle, sur le côté, à l'endroit où sa main tapotait le tissu. Aucun soluté, pas d'écran nulle part, juste un ma petite amie dans son lit frais. Le préposé a déposé le contenant en plastique de compote sur la table de chevet. Rien ne pressait. Elle ferait glisser sa cuillère sur les rainures plus tard, ou jamais. Comme un personnage de cinéma, elle n'était plus obligée de manger pour vivre.

— Ç'a été long, a dit Madeleine en expirant.

— Je sais.

— Moins long avec toi, merci.

En se frayant un chemin par la racine de mon nez, les larmes de mon œil gauche fusionnaient avec celles du droit avant de plonger dans l'oreiller, en une tache sombre qui laisserait un cerne salé ourlé de mascara, comme la robe d'une huître. C'est pour moi que j'étais triste, évidemment. La mort nous rend toujours égoïstes.

— Charlotte et moi, on passera en fin de semaine avec le chien.

— Je vais regarder mon horaire.

— Ma secrétaire appellera ta secrétaire, OK?

— Bonne idée.

Même avec un pied dans la porte, elle riait encore. Et elle trouverait la force de dire qu'elle s'en allait rejoindre son mari, ses fils et ses chats, par générosité pour ceux que ça rassurerait, mais sans y croire.

— J'ai invité l'homme dépris chez nous demain.

— Oh…

— Si y te reste des ondes, j'suis preneuse.

Dylan m'a demandé de descendre les voir dans leur Batcave: ce qu'ils avaient trouvé ne pouvait qu'être dit. Étrange paradoxe, ce retour forcé à l'oralité pour des technofans comme eux. Je me suis excusée d'arriver les mains vides.

— Pas de trouble, madame.

— Samyr, non : jeunes enfants, maison, femme qui travaille pas loin, a commencé Étienne. Fabien et Pierre-Luc sont ensemble, c'est pas annoncé, mais c'est assez clair. Les parents de P-L tripent sur Jésus, c'est là que ça *jamme*, j'imagine.

— Pis les deux filles ?

Dylan a donné un petit coup sec sur l'épaule d'Étienne, comme si je venais de dire quelque chose d'ultra-spécial.

— Yasmine est trop *cute*, Yéti veut pas qu'à s'en aille.

— Rapport ! C'est toi qui la trouvais *cute* !

— Tellement pas !

Des ados de 13 ans gros max. Les sous-sols ne sont pas bons pour les ados, leur cerveau prend l'humidité. Je les ai regardés se lancer des élastiques en *slingshot*, contente de constater qu'ils pouvaient faire autre chose de leurs mains que de taper sur un clavier. S'ils m'avaient fait venir, c'est qu'ils avaient quelque chose à me suggérer, je n'avais pas le choix d'attendre.

— On a juste trouvé une affaire.

— Léah s'est parti une petite compagnie, a fini par lâcher Dylan en reprenant sa position.

— Une compagnie de quoi ?

— Rien pour nous faire de la compétition.

— Non ? OK. Mais vous faites comment pour savoir ça ?

— Magie magie, madame.

— Ben oui…

— Sérieux, on fait rien d'illégal, madame, on croise les recherches. Tout le monde peut faire ça.

J'oubliais encore mon titre de cheftaine numérique. Valait mieux faire semblant de comprendre.

— C'est nouveau, ça, Yéti?

— Ha! Yasmine + Étienne = Yéti. Pis tu y as pas vu les pieds, madame…

— Ta gueule, t'as jamais vu mes pieds!

Et ils sont repartis. J'en ai profité pour m'éclipser, sans trop savoir ce que je ferais de la *petite compagnie* de Léah, mais je trouverais une façon de la transformer en sésame capable d'ouvrir la porte à Kingpin.

À la porte de mon bureau, habillée comme en hiver, capuchon rabattu sur la tête, lunettes fumées, Camille la voleuse de *chum*, madame sarcasme en personne, plus accoutrée pour le *skatepark* que pour le bureau. Elle m'a fait un petit salut sec avant de me demander si elle pouvait me parler, e*n privé, please*. Une fois la porte refermée, elle s'est laissée tomber sur une chaise, comme si elle venait de faire Compostelle. Je ne me suis pas gênée.

— C'est plus poli d'attendre qu'on t'invite à t'asseoir.

Je m'attendais à une réplique du genre « Calme-toé, t'es pas le pape! », mais elle s'est plutôt remise sur ses pieds en une fraction de seconde.

— S'cuse. S'cusez.

— Tu peux t'asseoir. En quel honneur, Camille?

— Je reprendrais ma place, s'il te plaît. Je vas arrêter.

— Arrêter quoi?

— D'être de même.

— C'est-à-dire?

Elle a avalé deux fois, pris une grande bouffée d'air, comme si elle s'apprêtait à recracher du verre broyé.

— D'être irrespectueuse.

— Pourquoi ?

— Parce que c'est pas *cool.*

— Assez d'accord avec toi. Mais pourquoi maintenant ?

— Je vas te le dire parce que j'imagine que tu vas finir par l'apprendre : j'ai commencé une autre *job* ailleurs, pis y m'ont vraiment fait chier, des vrais dictateurs.

— Pis moi, j'suis pas une dictatrice ?

— T'es comme ma mère.

— Ce qui veut dire ?

Ça ne me tentait pas spécialement de le savoir, mais je posais quand même la question. Comme Adèle, impétueuse et persécutée de toutes parts, elle se croyait des ennemis partout.

— Ben… que t'es comme ma mère.

— OK, mais 'est comment, ta mère ?

Elle a levé les yeux au plafond, encore un mot pénible à prononcer, j'étais vraiment gossante.

— À gère.

Pour l'entendre souvent dans la bouche d'Adèle, je savais que c'était un sacré compliment, et sa mère n'aurait pas manqué d'en être émue – comme je l'étais, moi. On en ferait peut-être quelque chose, la terre était cultivable, c'était une enfant qui avait eu son lot de coups de pied au derrière, ça se devinait jusque dans sa voix rauque. Avec quelques formules de politesse bien formatées, à employer mécaniquement au besoin, comme un peu tout le monde, ça irait. Nous n'avions pas réellement les moyens d'être pointilleux sur les offres de rédemption. Comme une machine à voyager dans le temps, elle nous donnerait en plus, à Claudine et à moi, une petite longueur d'avance pour voir se déployer Adèle. Et ça rachetait le départ d'Ethan, l'artiste incompris.

J'ai à plusieurs reprises tenté de m'approcher de Léah sans y parvenir. Je voulais l'attraper par hasard, dans un corridor, tomber sur elle aux toilettes ou dans l'ascenseur. J'ai fini par me rabattre sur le stationnement, comme un tueur en série.

— Allô, Léah !

— Oh !

Elle a reculé d'un pas, regardé derrière elle, la main sur le cou, et je me suis félicitée qu'elle n'ait pas dégainé son poivre de Cayenne. Pas l'idée du siècle, l'arrivée surprise.

— Excuse-moi, je voulais pas te faire peur.

— C'est un peu *creepy*, attendre le monde dans un stationnement.

— Désolée, je voulais te parler seule à seule, en dehors du bureau, je voulais surtout pas te faire peur.

Elle a secoué ses mains à quelques reprises pour y réactiver la circulation. Son cœur avait propulsé tout son sang dans ses jambes pour assurer une fuite rapide.

— Voudrais-tu venir marcher un peu avec moi ?

On a déambulé dans les rues avoisinantes, en sirotant des matchas glacés achetés au café du coin, servis par Crépuscule qui s'étonnait du vaste registre de mes goûts : la plupart des clients buvaient religieusement la même chose chaque jour, si bien qu'il leur suffisait d'un signe de tête pour commander. Avec moi, on voguait d'une surprise à l'autre. Tant qu'à étonner, puisque je n'avais jamais pris le temps de le faire, j'ai zyeuté les produits fins posés sur les tablettes tout en gratifiant de bons commentaires les artisans locaux qui les fabriquaient. Je me suis d'abord émerveillée devant un cactus fait entièrement au tricot, pot inclus. Léah s'est approchée, tout sourire.

— Quelle bonne idée, ça prend tellement de lumière, un cactus ! Comme ça, juste un petit coup d'aspirateur pis y reste beau.

De fil en aiguille, du chocolat noir aux huiles essentielles, on discutait des petits commerces qu'on connaissait et qu'on aimait encourager. J'insistais sur le courage qu'il faut pour se lancer en affaires dans un marché aux offres démultipliées. Ses yeux sautaient d'un produit à l'autre, jusqu'à ce qu'ils glissent sur la vitrine des viennoiseries, derrière laquelle attendaient d'être choisis des croissants, des muffins au chocolat - beurk - et des scones au kale.

— Y a des œufs partout, tout le temps.

On y était. La brèche s'ouvrait toute grande. Je l'ai à peine guidée, elle m'a tout expliqué, ses allergies, son projet, ses peurs et ses vertiges. Le filon serait fructifère, d'autant plus que, coup de pouce inespéré, mon barista préféré nous apprenait, en nous voyant inspecter ses produits avec tant d'intérêt, qu'il était l'un des propriétaires du café. C'était d'une amie artiste, les cactus tricotés. J'en ai offert un à Léah.

Je n'ai pas mis Fiouze dans sa cage, ce soir-là, souhaitant qu'il puisse aller et venir à sa guise. Par précaution, j'avais étendu des vieilles couvertures sur le divan, sur le tapis de l'entrée et sur mon lit, qu'il pouvait atteindre grâce à un marchepied.

Vers une heure du matin, réveillée désormais par habitude, je l'ai appelé plusieurs fois: il n'est pas venu. Aucun son. J'ai pensé à son cœur fragile, à sa mort possible, imaginé son petit corps poilu sans souffle sur la céramique. Sur la pointe des pieds pour ne pas atterrir sur son cadavre, j'ai marché de ma chambre à la pièce centrale, que j'ai allumée graduellement, comme au théâtre. Il était là, assis en sphinx sur le tapis de la cuisine, les yeux fixés sur la porte qui donnait sur la terrasse. Il voulait aller là-bas, de l'autre côté. Tout son être était tendu vers cet ailleurs dont il épiait le moindre bruit.

J'ai texté Antoine pour prendre des nouvelles de la cohabitation avec la belle-mère. Je l'avoue sans honte, je souhaitais mon fils heureux, mais je redoutais qu'il me vante ses qualités de cuisinière, de ménagère, de couturière. J'avais tenu ce rôle à merveille pendant si longtemps, je tolérerais difficilement d'être déclassée.

elle a mis un genre de
plastic transparent sur
le divan pour pas le salir
j'haïs ça

Tout était en ordre.

Et madame Sophie n'avait toujours pas lu mes textos. À trois semaines de la rentrée scolaire, je commençais à m'inquiéter… Et j'aurais bien aimé discuter de mon choix de carrière avec quelqu'un qui comprendrait mon déchirement.

J'étais dans un tel état d'excitation le lendemain – dans ma besace à bonheur: une solution possible pour les marketeux et l'image de Ji-Pi sur ma terrasse le soir même – que j'ai commencé ma journée en m'attaquant à l'ancrage papillon à installer dans le plafond. Dans le petit matin lumineux, 7 h 42, ma fibre de manuelle vibrait, pourquoi la brider? Ma plante s'impatientait depuis un moment sur le comptoir. Elle rêvait de retrouver sa vision en plongée vers nous, les condamnés aux bassesses du quotidien. Un peu d'eau et de 20-20-20 toutes les trois semaines, c'est tout ce qu'elle demandait.

Le papillon était engagé dans le trou que j'avais élargi en faisant des allers-retours avec la mèche à percer 3/8. Je poussais comme on entre dans une maison hantée, pas sûre d'aimer ce qui allait se passer, quand un plouc sourd a retenti: le son mélodieux de la tant souhaitée ouverture des ailes. Le mécanisme a gentiment refusé de ressortir quand j'ai tenté de le ramener vers moi. J'avais réussi. En tirant pour forcer l'ancrage à mordre le gypse, comme me l'avait montré Lydia, j'ai vissé le crochet jusqu'à ce qu'il colle au plafond, solide et stable, exactement comme prévu. J'y ai vu le signe d'une belle journée qui s'annonçait.

Au bureau, entre les rencontres gérées avec un tact de pro – je filais sur mon *high* du crochet –, j'aiguisais ma stratégie pour la rencontre du lendemain avec le grand patron: je soignais mon texte, peaufinais mes phrases, farfouillais pour trouver des formules-chocs qui décrocheraient un sourire, me vaudraient un peu d'admiration. Au lieu des petits cartons, j'y suis allée pour des belles feuilles imprimées sur lesquelles les chiffres importants apparaissaient en gras, grossis et surlignés en rose, pour qu'ils deviennent des bouées en cas de panique ou de dérapage. Je n'avais aucune idée de la résistance qu'on m'opposerait ni du ton de la conversation. Je me suis imaginé mille scénarios, deux mille questions jambettes. Avant la fin de l'après-midi, mon argumentaire était aussi solide que mon crochet. Je pourrais supporter beaucoup plus qu'une plante et un gros chat. Je suis rentrée préparer quelques grignotines et me *chixer*, comme dirait Adèle, pour notre petit impromptu du soir avec l'inénarrable Ji-Pi.

Ma terrasse était parfaitement propre et décorée (rafle à la quincaillerie : guirlandes lumineuses, palmier de coin, tapis de terrasse, coussins colorés dont un en forme d'ananas), les haut-parleurs sortis, le vin et la bière au froid et les bouchées (rafle chez le traiteur : feuilletés d'huîtres fumées, brochettes de crevettes au cari, éclisses de canard grillées, bruschetta d'aubergines sur baguettes aux fines herbes, acras de morue, mousse de foie de volaille, chips de patates douces, croûtons au romarin, tapenade aux artichauts, olives au bleu, gravlax sur lit de roquette, noix diverses, etc.) étaient prêtes à être disposées sur le trio de tables gigognes que j'avais déterrées des catacombes du sous-sol où s'entassaient les vestiges de mon déménagement.

J'avais opté pour ma robe blanche, mes sandales à lanières de cuir bleu ciel, un *gloss* très pâle. L'humidité ne venait pas à bout de mes cheveux, guillerets comme mon humeur, je sentais bon, j'étais belle, le ventre plein de papillons. Je me suis autorisé quelques scénarios pour que la soirée commence sans plus attendre : Ji-Pi arrivait plus tôt, me surprenait devant le miroir de ma commode en train de mettre ma dernière boucle d'oreilles, se glissait derrière moi, m'embrassait dans le cou, on se jetait sur le lit ; à la fin de la soirée, dans la cuisine, en rentrant le reste des plats, Ji-Pi échappait un acra de morue qui tombait à côté de mon pied, il se penchait pour le ramasser, posait sa main sur ma cheville, remontait doucement, m'attrapait la tête à deux mains pour m'embrasser et m'entraîner sur le divan ; Ji-Pi se mettait à saigner du nez, je le suivais jusqu'à la salle de bain pour lui donner une débarbouillette, il enlevait sa chemise tachée, je m'approchais pour l'aider, on s'embrassait, puis s'envoyait en l'air sur la sécheuse ; Ji-Pi revenait chercher son téléphone oublié sur la terrasse après la soirée, me voyait passer en nuisette de l'autre côté de la porte-patio, me souriait, je lui ouvrais, on s'embrassait d'abord doucement, puis passionnément, en se butant aux murs et aux meubles pour gagner rapidement ma chambre. Alouette. Mon Ji-Pi imaginaire et moi, entourés de hors-d'œuvre alléchants, on passait déjà un bon moment.

Pour éviter que Fiouze ne vienne mettre son museau dans les plats disposés à sa hauteur, Raymond le garderait encore un peu. Des vrais larrons en foire, ces deux-là. T'as belle mine, m'a dit Ray.

C'est Adèle qui est montée la première, catastrophée, des mèches bleu pêche tombant sur le col de son polo d'épicerie tout neuf.

— Viens me mener, s'il te plaît, Di, je commence à cinq.

— T'as le temps.

— Mais non, c'est dans dix minutes.

— T'es à 700 mètres, cours.

— T'es pas *cool*, *gee*... coudonc, t'organises-tu un *party* ?

— Un petit 5 à 7 avec ta mère.

— Toute ça juste pour ma mère ?

— Pis un ami.

— Le gars *friend zone* ? Le frère ?

— Cours !

Elle semblait tellement contente qu'elle a oublié d'insister. Son *waaaaa !* s'est fait entendre sur au moins 100 mètres. C'était beau d'entendre une telle explosion de joie pour une matante fasciste pas *cool*.

Quelques minutes plus tard, Claudine est arrivée, avec ses gros sabots et ses deux blancs pas assez froids à son goût - direction congélateur -, puis Ji-Pi, à l'heure annoncée, comme si tout le monde suivait le *script* à la lettre. Le ciel était clair, il ventait à peine, ne faisait pas trop chaud. Les rires d'enfants qui coloraient le fond sonore montaient jusqu'à nous. Pas de tondeuse ou de souffleur à feuilles pour grêler la paix. Si la journée s'était terminée à ce moment-là, elle serait entrée dans le patrimoine mondial des journées parfaites.

Comme nous nous étions imposé de ne pas parler du bureau, on a jasé maisons, rénos, animaux, Mado, ados. Depuis sa séparation d'avec la splendide Marie, dont la cause demeurait un mystère, notre hôte de marque y goûtait aller-retour avec ses ados. Il tenait son verre d'une main, s'enfournait de l'autre les délicatesses du traiteur avec appétit, *y en a pour une armée*, répétait-il, sans jamais cesser d'être beau. Parfaitement humain et divinement beau, comme ça devrait être interdit. J'ai failli lui demander de venir voir mon crochet, pour rééquilibrer les forces.

— Câlac ! Mes blancs sont encore au congé ! J'en profite pour faire un pepi.

Claudine s'est extirpée sans élégance du divan pour aller sauver son vin. Prétextant l'envie de piger un croûton dans le panier déposé à côté de mon verre, Ji-Pi s'est approché de moi, assez pour que le bout de sa rotule touche mon genou. Mes joues sont devenues chaudes, ma bouche s'est asséchée.

— Je voulais juste, euh… je sais pas trop comment te dire ça…

J'ai cessé de respirer, ça sonnait comme le début d'une déclaration.

— … C'est parce que la fille de Claudine, l'amie de ma nièce…

— Adèle ?

— Oui, Adèle, gentille fille, d'ailleurs… Elle a dit à ma nièce que tu… que nous deux, en fait… Y paraîtrait que tu voudrais que…

La petite crisse, ai-je pensé sans perdre mon sourire, les ongles plantés dans le coussin fleuri à ma portée. Je ne m'étais pas imaginé que sa vengeance viendrait de ce côté-là.

— Mais là, c'est peut-être juste des blagues d'ados, on les connaît, ça les amuse, *matcher* les parents célibataires, donc elle disait que tu aimerais que…

— Les ados…

Je ne pouvais pas le laisser finir sa phrase, ce qui suivrait ce *tu aimerais que* impliquerait que je réponde par oui ou non. Pas d'échappatoire possible. Mais avouer là, tout naïvement, sans filet, que j'avais répondu « oui » au « T'aimerais-tu ça sortir avec ? » d'Adèle, m'exposait à me faire expliquer qu'il n'était pas dans les mêmes dispositions que moi ; c'est peut-être d'ailleurs pour tuer l'affaire dans l'œuf qu'il abordait le sujet. Si je répondais « non », une fausseté à laquelle je serais capable de me condamner pour fuir l'embarras, je ne me le pardonnerais jamais.

— Oui, les ados, qu'il a fait en regardant Claudine arriver, victorieuse, avec ses bouteilles intactes, dieu merci. Il avait discrètement ramené à lui son genou.

J'ai survécu le reste de la soirée dans une nébuleuse, paralysée par la masse d'interprétations que rendait possibles notre conversation avortée. Le langage corporel de Ji-Pi ne m'offrait aucun indice, aucune prise. Il continuait de boire, rire et manger avec le même enthousiasme qu'à son arrivée, la même insouciance, si bien que j'ai fini par croire que j'avais fabulé ces quelques phrases hésitantes, ou du moins qu'elles n'avaient pas l'importance que je leur donnais. Au fond, si elle visait autre chose qu'à dissiper un malentendu possible entre nous, il aurait trouvé le moyen de la terminer, sa dernière phrase.

Aux premiers bâillements de Claudine, Ji-Pi s'est levé pour partir : il se faisait tard, nous avions tous une grosse journée le lendemain, il ne voulait pas abuser de notre bonne compagnie. Claudine a catégoriquement refusé qu'il nous aide à débarrasser, *la visite, ça ramasse pas.* De toute façon, il ne restait plus d'acras de morue à échapper. Tous les scénarios étaient morts.

J'ai reçu un texto de Jacques pendant que je finissais d'empiler les restants sur un plateau de service. J'avais mis Claudine dehors pour pouvoir rester seule. Il voulait savoir ce qui arrivait avec les chèques, si on attendait Alex, si je pensais organiser un autre petit souper pour la distribution officielle. J'ai eu envie de l'envoyer promener, j'ai même cherché un émoji doigt d'honneur pour le faire graphiquement : c'était de sa faute si j'étais seule dans la cuisine de mon petit condo avec mes scénarios débiles d'adolescente, sa faute, tous mes doutes sur moi, la pitié de mes enfants, les recommencements forcés. Je l'ai *ghosté*, ce qui était une insulte suprême, aux dires d'Adèle, et je me réjouissais qu'il ne comprenne pas pourquoi. Il y avait tant de choses que je ne comprenais toujours pas, moi.

Je sortais chercher les derniers vestiges de la soirée quand j'ai vu un bout de tête d'Adèle en train d'espionner ce qui se passait sur ma terrasse.

— Je t'ai vue, petite tannante, essaie pas.

— C'est juste parce que je… cherchais ma mère.

— Tu te cacherais pas, si tu cherchais ta mère. Si tu t'étires le cou, tu vas la voir, je suis pas mal sûre que c'est elle qu'on entend trinquer avec les gars, en bas.

— Y est où, le gars *friend zone* ?

C'était aussi un peu de sa faute à elle, ce vague à l'âme de bouette. Je l'ai regardée sévèrement.

— Adèle, j'aimerais vraiment ça que tu te mêles de tes maudites affaires la prochaine fois.

— Oh non ! T'es encore *friend zone, shit* !

Elle a couru vers moi pour planter sa tête d'*alien* dans ma poitrine, me saucissonnant de ses grands bras d'ado compatissante. *C'était pour ton bien*, qu'elle a dit. J'ai proposé qu'on gère nous-mêmes notre bien à partir de maintenant.

— Mais j'aime ça, l'épicerie, c'est *nice*. Y a vraiment du monde *wack*, mais c'est quand même *chill*.

— Tant mieux ! Aide-moi, on va aller rejoindre le *party* de ruelle avec la bouffe qu'y reste.

12

Où Ji-Pi se demandait.

Je me suis changée quatre fois de tailleur. Absolument pour rien. Le patron n'a pas daigné lever l'œil sur moi quand je suis entrée, trop absorbé par le dossier devant lui plein de chiffres et de statistiques beaucoup plus intéressants. Des colonnes, des stats, des piasses, son opium. J'étais n'importe qui, pour lui, une paire de lèvres qui formeraient des mots qui parleraient de ses désirs assouvis, comme toujours. Claudine avait raison : les patrons m'avaient mise à la porte et réengagée sans le savoir, en s'en foutant totalement ; les chiffres se maintenaient, le reste ne comptait pas. Ça m'a ragaillardie. J'en avais bien besoin.

— Heureuse de vous revoir, monsieur Johnson.

Déjà, ça m'amusait, on ne s'était jamais vus en personne. C'est Dutronc qui descendait de sa tour d'ivoire pour les déjeuners-rencontres. J'en senti un soupçon de malaise dans le circonflexe de son sourcil.

— Hum.

— Bon, on a étudié toutes les options pour le poste en marketing, on en a trouvé une intéressante : Léah a des projets personnels et accepte de coopérer avec nous pour établir une entente qui fasse l'affaire de tout le monde sans brimer personne.

Il s'est raidi dans ses beaux habits, son œil a légèrement tressauté aux mots « projets personnels ». Dans son coin, muette comme une fleur de tapisserie, Claudine a fermé les yeux.

— Je sais que vous pourriez juste supprimer un poste pis en créer un autre sur mesure pour votre gendre après, *we know that*, mais on va en profiter pour le faire entrer dans le portrait intelligemment, avec noblesse, même.

— Je demandé une poste permanent *for him*.

— C'est ce qu'on va lui donner, s'il se montre à la hauteur, évidemment. Compte tenu de la rigueur avec laquelle vous dirigez votre entreprise, je suis certaine que la performance fait partie de ce que vous exigez de *tous* les membres de votre personnel.

Je lui aurais dit qu'il était beau qu'il n'aurait pas autrement fermé ses yeux en esquissant un rictus de satisfaction.

— Le plan est simple : Léah écoule sa banque de vacances et de congés personnels, puis part six mois en congé sans solde. Au moment de son retour, si votre gendre est heureux pis que tout le monde est satisfait, Léah accepte de nous donner une belle démission en règle pour une somme forfaitaire inscrite ici.

Poker face le bonhomme, il n'a pas bronché en voyant le montant. Je devais garder le rythme et lui donner l'impression que, à la façon d'un comptable, je ne faisais que lui débiter le détail des impôts à payer.

— *What kind of* projets personnels *are we talking about?*

— Ça le dit, c'est personnel. Aucune concurrence pour nous, soyez tranquille.

Il m'a regardée dans les yeux sans broncher, le papillon était entré dans le plafond, mais ses ailes n'étaient pas encore déployées, tout pouvait encore se décrocher…

— Pour vous, c'est une formule *win-win-win*: vous offrez un espace de développement personnel qui vous honore, on pourra même le présenter aux prochains états généraux des RH, si vous le souhaitez, vous gardez sur le *payroll* et à votre disposition pour environ huit mois une excellente employée qui serait irremplaçable dans le contexte actuel, ayons pas peur du mot – le mot en anglais me vient pas, désolée –, pis en prime, vous vous ménagez le prétexte parfait pour remercier votre gendre, si jamais vous en sentiez le besoin, pour une raison ou une autre. *Not always so nice*, les gendres… Pis y a pas de promesses plus dures à tenir que celle de l'amour éternel. J'en sais quelque chose, pour les gendres et les promesses, *believe me*.

Un sourire franc, cette fois, presque complice. J'en ai profité pour enchaîner.

— Autre dossier d'une importance capitale pour nous: deux nouveaux studios d'animation vidéo s'installent bientôt en basse-ville, plus un laboratoire d'intelligence artificielle. Les chasseurs de têtes sont déjà à l'œuvre. Je vous le cacherai pas: nos deux *geeks* informatiques sont sérieusement dans leur mire.

Il a levé le menton, repris son air sérieux. Ses cheveux, qu'il avait étonnamment épais, ont suivi en un mouvement souple, presque crémeux. Frais lavés, j'ai pensé, juste pour moi. Ça m'a donné du courage.

— Voici pourquoi les choses se présentent très mal pour nous : ils devraient être trois au minimum pour abattre tout le travail à faire, d'autant que leur salaire ici est pas compétitif pour deux cennes, et on pourra jamais les remplacer si on les perd, jamais, comme dans *never*. Mais comme j'ai vu venir l'affaire de loin, j'ai pu couper l'herbe sous le pied de tout le monde avec une *very good proposition*. Les gars sont prêts à signer dans l'heure. Y a juste deux clauses, mais elles sont *not negotiable*.

J'ai déposé devant le *boss* les demandes succinctement résumées. Ses yeux les ont flattées sans leur trouver plus d'aspérités qu'à la prime de séparation négociée pour Léah. J'ai presque sursauté quand il s'est mis à parler.

— *Coffee machine, really ?*

— Avec option vanille française, oui. C'est la clé de voûte de leur concentration, clé de voûte *of concentration*. Y a déjà des machines sur certains étages, mais eux sont dans le fond du sous-sol. Déjà, *it's not an office* très propice pour travailler…

— *Anything else ?*

— Une petite dernière formalité très nécessaire : je vais devoir suivre quelques formations supplémentaires sur le harcèlement au travail, l'intimidation, les violences sexuelles, le racisme, les milieux sains et inclusifs…

Il a levé les épaules pour signifier que c'était pour lui de la menue monnaie, que ça tombait sous le sens, que je le dérangeais presque en lui faisant cette demande insignifiante.

— Je vous en parle parce que si je suis pas sous contrat avec vous, je vais devoir m'inscrire à titre personnel.

Autrement, ce sera professionnel, et le nom de la compagnie apparaîtra avec le mien *on the certificates.*

Il s'est levé doucement en ne me lâchant pas des yeux, dur et doux à la fois, comme quelqu'un de bienveillant un peu contrarié. J'ai pensé au shampoing pour bébé qui porte son nom et que j'achète encore par nostalgie de temps en temps.

— *You're a wise woman.*

— *You're a lucky man.*

Dans un pain de rides mignonnes, ses yeux m'ont dit quelque chose comme *funny, big girl.* Sans le *big*, j'imagine.

Claudine n'en revenait pas, elle tenait ses deux bras croisés sur sa tête.

— Mais t'as pris ça où, toutes ces conneries-là ?

— Ça passera pas ?

— Pfff, on verra. Y te *flushe* ou y te demande en mariage, y aura pas d'entre-deux. C'est quoi les états généraux des RH ?

— Ça existe pas ?

— OK, n'importe quoi, tu m'as presque eue. C'est quoi, le grand projet de Léah ?

— Des pâtisseries sans œufs. À souffre d'une grave allergie, « est tannée de se faire servir du Jell-O pis du chocolat noir comme desserts.

— *Oh my god !* Y m'est venu plein d'affaires en tête…

— La prime l'intéresse, ça aiderait pour la *business*, mais ça nous donne quand même huit mois pour y bizouner un autre poste, si le gendre reste pis que ça marche pas, les pâtisseries. J'ai déjà ma petite idée.

— Je savais pas que nos *geeks* se faisaient courtiser de même.

— …

— OK, tu l'as *bullshité* sur toute la ligne.

— C'est de la prévention, comme en médecine. Si les gars sont contents d'être ici, y regarderont pas ailleurs.

— Comme dans un mariage, ça durera pas.

— J'ai un autre argument de poids pour les faire rester : la belle Lydia a accepté de remplacer Fernand. Ça va faire du sang neuf dans le sous-sol. Célibataire en plus, j'ai fait mes recherches.

J'étais tellement fière de mon coup que j'ai fêté ça en faisant quelques sprints sans souliers sur les étages. Le poil ras du tapis me grattait la plante des pieds, je semais partout des peaux mortes. Le médecin qui m'avait jadis diagnostiqué la « maladie des femmes au foyer » à la seule vue de mes talons craquelés serait épaté de me trouver en si bonne condition aujourd'hui. J'irais le consulter bientôt, avant qu'il prenne sa retraite.

Le sort étant ce qu'il est, je suis tombée sur Ji-Pi qui se dirigeait vers la machine à café, beau de pied en cap. Je suis passée en coup de vent, *Salut ! Ça va ?*, sans m'arrêter. Je n'avais absolument rien à lui dire, aucune envie de jouer à la fille détachée.

— Hé ! Diane ! T'as une minute ?

J'ai ralenti sans revenir sur mes pas, lui jetant un œil de côté. Il se grattait nerveusement le favori droit.

— J'suis un peu pressée, peux-tu m'écrire, Ji-Pi ?

— Je visite des trucs dans ton coin en fin de semaine.

— Super, bonne chance !

Quand j'ai levé le pouce pour signifier que je reprenais ma course, il a levé son index pour me retenir, son bel index, en s'avançant vers moi au petit trot.

— Je me demandais si…

— J'ai juste une minute.

— Merci pour l'autre soir, en passant.

— Plaisir.

— Je me demandais si, la prochaine fois…

— Écoute Ji-Pi, je pense qu'on va garder ça de même.

— De même ?…

— Oui, on est des bons collègues, on se voit aux 5 à 7 de bureau, c'est plus simple comme ça.

— Plus simple que quoi ?

— Faut vraiment que j'y aille.

Un peu raide, comme sortie de piste, mais dans l'urgence du moment, avec un peu de chance, ça passerait sur le dos du manque de temps. Le côtoyer de près relevait plus de la torture que du plaisir. Je me voulais beaucoup trop de bien pour endurer ça.

Dans l'intervalle entre ma rencontre avec Ji-Pi et mon retour de course célébratoire, mes trois enfants m'avaient écrit, coup sur coup, comme si l'onde de ma frénésie avait couru jusqu'à eux pour me rappeler à leur mémoire.

Alexandre se plaignait de la bouffe en Angleterre – il était hanté par mon osso buco –, rêvait à ma salade de fenouil, mes coquilles Saint-Jacques, mon gâteau aux carottes. J'allais devoir me remettre aux chaudrons à son retour pour entretenir ma réputation d'excellente cuisinière et le rassurer sur mes compétences de grand-mère, au cas où. Tout arrive si vite. Mais pour l'instant, sans culpabilité aucune, je me suis demandé si j'allais prendre un extra thon rouge dans mon bol poké du soir que je ramasserais sur ma route.

Quand j'ai lu le toujours aussi laconique texto d'Antoine – *peux-tu me donner le numéro de ton courtier stp* –, je l'ai tout de suite rappelé. J'étais plus inquiète qu'heureuse, même si je soupçonnais que quelque chose n'allait pas avec la belle-maman.

— Qu'est-ce qui se passe mon bébé ?

— Y manque une toilette.

— Oh ! Vous voulez vraiment acheter quèque chose ?

— Oui.

— Vous allez faire comment pour les sous, la mise de fonds ?

— La mère de Malika va acheter avec nous autres. À trois, on va être corrects.

J'ai presque été déçue. Mes chèques continueraient de dormir dans ma sacoche, les autres parents nous avaient doublés. On a parlé des quartiers qui l'intéressaient, des types de maisons qu'ils cherchaient. Dans un monde idéal, pas d'escaliers, deux toilettes, quatre chambres - une pour le bébé, peut-être, j'ai tenu ça mort. J'avais pu deviner les problèmes intestinaux de la matriarche à ses allusions fréquentes aux cabinets d'aisances.

— Fait que tu vas déménager avec ta belle-maman, la chanceuse.

— T'es pas jalouse, *mom* ?

— Ben non, coco, voyons. C'est juste que, des fois…

Sortie de nulle part, avec ses doigts griffus, l'émotion m'a prise à la gorge. *C'est juste que des fois, mon bébé, je m'ennuie tellement.*

— T'as pas besoin de personne, toi. En plus, t'as une nouvelle *job*, tu vas te faire un *chum* pis toute.

J'avais vingt ans, dans la bouche de mon enfant. J'ai ravalé mes larmes, levé la tête. J'ai appelé Stéphane pour qu'il prenne soin de mon fils. Non, je ne voulais pas qu'il m'envoie les fiches de maisons qu'il allait lui expédier et que le petit trio voudrait visiter. Surtout pas. Je serais capable d'essayer de m'en mêler.

Charlotte s'excusait encore pour le chien, me demandait si je pouvais le garder encore un peu, ça l'arrangerait. J'étais beaucoup trop forte pour revenir sur la décision que j'avais prise à ce sujet.

— Non, Charlotte. Je t'avais avertie, je suis pas là souvent, j'arrive tard, les nuits sont trop difficiles, je peux pas le garder.

— Mais maman, j'en ai pas pour longtemps.

— T'as plein de projets, Charlotte, t'auras pas le temps avant longtemps, pis c'est parfait comme ça. Mais c'est non, je peux pas le prendre.

— Mais maman…

— Non, un vrai vrai non, comme pour le bébé tigre de Sibérie quand t'avais huit ans, aussi non que ça. Je le jure sur ta propre tête, mon bébé, je le prendrai pas, pas cette fois-ci.

Avant la fin de la journée, par le truchement de son assistant à la voix duveteuse, comme s'il avait de la fourrure sur les parois de la gorge, monsieur Johnson consentait, moyennant que les gars de l'informatique aient signé leur contrat avant cinq heures, à prolonger le mien pour couvrir la période des formations mentionnées lors de notre rencontre. Une réévaluation serait nécessaire subséquemment pour son renouvellement, évidemment, puisque la compagnie était dirigée avec *rigueur*.

— Monsieur Johnson aimerait vous inviter à souper lors de son prochain passage à Québec.

— À souper ? Que que… quand ? Pourquoi ?

— À la fin du mois d'août, simplement pour souper en votre compagnie, si vos engagements personnels vous le permettent. Heure et lieu à votre convenance.

— Attends-moi juste un petit instant, s'il vous plaît.

J'ai appelé Claudine sur une autre ligne.

— Le *boss* veut m'inviter à souper.

— Quel *boss* ?

— JOHNSON, CHRISTI, QUI D'AUTRE ?

— Hon, le vieux cochon ! Remarque qu'y est beau bonhomme, avec sa crinière.

— Je dis quoi ?

— Qu'y faut qu'y m'invite aussi. Pis que tu fourres jamais le premier soir.

— Prépare le contrat des gars pis le mien, on a eu le *go*.

Et j'ai raccroché pour retrouver ma voix calme, en plein contrôle.

— Désolée, j'avais une petite urgence sur une autre ligne. Pour les contrats, ce sera signé aujourd'hui, soyez sans inquiétude, mon assistante s'en charge à l'instant. Pour le souper, comme c'est dans un petit bout de temps, je préférerais que vous me recontactiez une semaine à l'avance, si l'invitation tient toujours à ce moment-là.

Je serai plus en mesure d'évaluer si c'est possible d'intégrer ça à mon horaire.

Ma réponse sonnait professionnelle et me donnerait le temps d'y réfléchir à tête reposée. Je pourrais toujours me défiler, le temps venu. Ou accepter. Ou accepter et me défiler quand même. Et vice-versa.

Je quittais mon bureau quand Ji-Pi est apparu devant moi, les poings sur les hanches comme un héros de Marvel. Sauf qu'un début de cerne foncé lui bordait le dessous de bras, et que le nœud de sa cravate était légèrement relâché (à la Clark Kent).

— Je me demandais si, la prochaine fois, on pourrait prendre un verre juste nous deux.

— Euh… où?

— N'importe où.

— C'est dur d'être tranquilles, chez nous, comme t'as vu.

— La salle de bain doit se barrer?

Il est reparti en riant, sans se retourner jusqu'à l'ascenseur. Quand j'ai été bien certaine qu'il avait disparu, j'ai enlevé mes souliers et sprinté jusqu'au bureau de Claudine pour lui vanter les qualités des phrases complètes.

Même si je tombais de fatigue, j'ai veillé avec Claudine et les autres dans la ruelle pour ne pas perdre une minute de cette journée mémorable, hautement qualifiable pour le patrimoine mondial de la journée parfaite. Le clou de la soirée: l'appel de Rosanne, qui tenait à féliciter Claudine pour l'éducation de Laurie – «Les mains pleines de pouces, mais 'est vaillante. » Elle avait même poussé le compliment jusqu'à suspecter la génétique de Philippe, pour les pouces, le paternel habituellement inattaquable. Dans le récit de Rosanne, Laurie se levait aux aurores pour aller faire le train avec son engagé, l'aidait ensuite avec la maison, se gardait des bouts de journée pour lire. Claudine trouvait que la sauce était trop lisse, elle suspectait une magouille des copine-copine – qu'elle appelait aussi « Maria » et « la Sagouine » – pour donner du lustre à sa belle Laurie. *Ça va se voir sur ses mains, je l'ai assez fait, le train*, se rassurait Claudine. N'empêche, il y avait un pli de fierté dans le coin de sa bouche qui souriait.

Mon chien qui ne serait bientôt plus mon chien dormait sur mes genoux, insouciant et heureux, le ventre offert aux étoiles. À force de le voir et de l'aimer, jour après jour, je tombais d'accord avec Charlotte : c'était le plus merveilleux bébé Golden de l'univers.

13

Où je m’attaque derechef à l’enveloppe.

Karyne pleurait. Encore. L’inévitable peine d’amour était arrivée comme prévu, légère comme une enclume. J’avais eu raison, Jean-Jean serrait les fesses, son château de cartes tanguait, il n’irait pas loin. Son étoile s’abîmait doucement dans les ténèbres de ses mensonges, c’était à la fois triste et savoureux. Triste parce que toutes les fins le sont, savoureux parce que.

— C’est fini… Y m’a dit que… j’suis née en retard, que c’est juste ça, née en retard, comme si on était dans un destin décalé… c’est beau, non?

— Non, Karyne, c’est pas beau. C’est un homme marié qui prenait tout de toi sans rien sacrifier. Y avait sa vieille à’ maison, sa petite jeune au bureau, pis tout le reste.

— Quel reste?

— Peu importe. J’ai une bonne nouvelle pour toi, par ailleurs: ça existe, des gars qui aiment pour vrai pis qui donnent autant que les femmes, qui donnent plus, même.

— Vous en connaissez? a-t-elle demandé avec ses beaux yeux de biche excitée à l’idée d’une branche feuillue.

— Non, mais j'en ai déjà entendu parler.

Qu'est-ce que 50 ans sur des milliers d'années d'évolution, Karyne ? Un pet dans l'eau frette, à peine une fiouze, ma belle. Mais ils vont venir, ces hommes, on est en train de les élever.

Claudine m'a convoquée solennellement à son bureau. Mes cartes de visite étaient prêtes, dans une belle boîte noire en carton ciré qui aurait pu contenir un collier de perles. J'ai tellement eu peur qu'elle ait demandé qu'on imprime en filigrane une déesse de la chasse avec son arc que j'ai lâché un grand ouf ! en voyant le design épuré, le délicat dégradé de la bande grise, mon nom au-dessus de mon titre légèrement modifié : Direction des ressources humaines, synergie. Délestée de numérique, je respirais mieux, surtout que je pouvais compter sur le soutien indéfectible d'une belle paire de cerveaux en ce domaine.

C'est à la petite allumée de l'épicerie, Farah, qu'est revenue ma toute première carte. J'ai inscrit la date sur une deuxième, que j'ai glissée dans ma boîte de souvenirs. Dans le petit mot qui accompagnait les fleurs et le champagne envoyés par mon ex-mari pour me féliciter, les mots « femme fabuleuse ». Je commençais à le croire.

***

— Allô Diane ! Comment ça va ?

— Euh… bien, merci.

— C'est Johanne, de l'école. La directrice.

— Oh !

— Cache ta joie, ma belle.

J'avais oublié l'école. À ma décharge, nous n'étions qu'à la fin juillet, loin loin de la rentrée. Dans mon bureau climatisé, juchée sur mes talons hauts, dans mon tailleur qui n'aurait pas toléré que je m'accroupisse au sol spontanément, je me figurais très mal ce que représentait de retourner surveiller un groupe de petits s'ébattant dans une cour d'école.

— Tu passes un bel été ? *Good!* Écoute, j'aurais un poste en troisième année pour toi.

Quelque chose comme huit ans, palettes fraîches en dentelles, des licornes en mousse au bout des crayons, une écriture encore incertaine, belle naïveté.

— Écoute, Johanne...

— Pas grave, Diane, j'ai un poste pour l'année en deuxième aussi, l'année au complet. En maternelle aussi, deux postes en maternelle, dont celui de madame Sophie...

— Sophie ? J'arrive pas à la joindre, justement...

— Année sabbatique, madame, à même pas trente ans, peux-tu croire ? Elle a pris le large. Si on disait non, à démissionnait, pas le choix d'accepter. J'ai aussi un super poste en sixième, t'es pas obligée de faire la comédie musicale, je peux t'avoir une dérogation. Moi, *Annie*, pus capable !

— Je pourrai pas.

— Pourquoi ?

Je ne pouvais rien lui expliquer, tout sonnait cliché. La vérité tenait pourtant en quelques mots : si j'y retournais, je ne le ferais pas pour moi. Et j'avais des envies d'être moi plus fortes que tout pour l'instant.

— Tu dois avoir un diplôme en administration, toi, pour être directrice ?

— Un certificat en gestion, pourquoi ?

— Oh oh ! Intéressant ! Écoute Johanne, j'occupe pour l'instant un poste à la direction des ressources humaines d'une boîte en pleine expansion…

— T'es pas en train de me recruter, toi là ? T'as pas le droit de faire ça !

— Pourquoi pas ?

— C'est moi qui t'offrais une *job*, pas toi !

— En tout cas, penses-y. Je te posterai ma carte. Lucie Berthiaume, est-tu encore secrétaire à votre école ?

— Tu me la voles, je te fais péter les deux jambes, Delaunais !

— C'est noté. En attendant, me donnerais-tu le nouveau numéro de Sophie, s'il te plaît ?

Je me suis empressée de texter Sophie pour lui demander ce qu'elle comptait faire de toute une année de congé. La chasseuse à l'affût que j'étais en train de devenir s'est vite fait rabattre le caquet : elle avait largué toutes les amarres – le *chum*, la maison, l'idée des enfants et l'amant – pour fuir en Gaspésie, où elle travaillait comme serveuse dans le resto d'une amie, chez qui elle vivait, pour l'instant. Les journées étaient rudes, le salaire, excellent, les hommes, nouveaux. Elle pensait filer jusqu'à la saison des couleurs et verrait ensuite. Peindre peut-être, se monter un portfolio, participer à des petites foires artisanales au printemps, faire des savons, sculpter du bois de rivière. J'ai regardé le fleuve que je longeais pendant que sa voix salée s'engouffrait dans l'habitacle de mon auto.

— Ça te tente pas de venir me rejoindre, Diane ?

— Nooon, mais t'es fine, merci. J'ai eu mon lot de nouveautés ces derniers temps. Par contre, tu me rappelleras quand tu reviendras en ville, j'aurai peut-être quelque chose à te proposer.

— Comme quoi ?

— Mmm... une *job* ?

Kingpin était arrivé en retard, pour son premier jour, prétextant un problème de stationnement imputable au fait qu'on ne lui avait pas remis à l'avance sa passe électronique pour accéder aux aires réservées du bureau. Il avait naïvement cru que quelqu'un l'attendrait de l'autre côté de la guérite pour la lui donner, dans le style commande à l'auto ; c'est comme ça qu'il avait traduit le « Vous pourrez récupérer votre laissez-passer auprès de l'agent de sécurité au bureau de l'accueil » transmis dans les directives envoyées par Claudine. Son nom lui allait déjà à ravir.

Je suis montée le voir, par simple curiosité, pendant que nous étions encore en territoire neutre. Si tout se passait bien, il n'aurait jamais affaire à moi. Ce serait plus simple pour tout le monde, je nous le souhaitais sincèrement.

Samyr, que l'équipe avait délégué pour la prise en charge du gendre, s'était déjà lancé dans l'explication d'un des principaux logiciels à apprivoiser.

— Bonjour ! Bienvenue ! Diane, des ressources humaines.

Il n'a pas pris la main que je lui tendais. Aux poignets de sa chemise, des boutons de manchettes en forme de losanges, des bouts de souliers carrés, des favoris isocèles. Un homme géométrique qui calcule son image.

— J'espère que vous serez heureux ici, comme en ménage, ai-je fait en tournant les talons.

Pierre-Luc s'est étouffé, Yasmine a ri sans chercher à se cacher. Je me suis laissé une note mentale : rappeler Léah pour qu'elle nous contacte d'abord, malgré l'entente, au moindre besoin, avant d'essaimer ses C.V. aux quatre coins de la province.

Nous avions rassemblé tout le nécessaire à la vie de chien dans un grand sac coloré qui s'accordait parfaitement à l'humeur de Charlotte. Fiouze s'est acharné à essayer de sauver ses peluches en sautant dans le sac : d'abord la pieuvre, sa pref, puis l'orignal, le cochon, le koala, et le renard roux qui n'était plus qu'un tronc pelucheux croustillant de bave séchée. On les rebalançait dedans au fur et à mesure qu'il les sortait, en bons Sisyphe.

J'ai rappelé à Adèle qu'il était interdit de filmer. J'aurais préféré qu'elle reste bien gentiment dans ses appartements à tiktoker, mais elle tenait beaucoup à participer à ce qu'elle appelait une *cérémonie*. Elle avait recouvert ses bricolages capillaires d'une bonne couche de noir corbeau qui ne parvenait pas à faire taire la fantaisie des pigments sous-jacents. On avait ouvert les paris sur le moment où elle serait condamnée à les raser. Ma prédiction : avant son entrée à l'école, à la fin août.

— Mais tout le monde aime ça, des vidéos de monde qui braille quand y reçoivent un chien !

— C'est non. Je veux pas voir un téléphone.

— Sinon quoi ?

— Ça va aller mal.

— Houuuu, c'est épeurant ! De toute façon, y braillera même pas.

Rien de moins sûr. Les hommes à grosse carapace et mains cagneuses ont souvent un centre moelleux.

On a compris que Raymond se doutait de quelque chose quand il a regagné sa banquette, sérieux, oubliant sa bière sur le capot du char éventré dans le garage. Charlotte a pris place devant lui, sur l'une des chaises pliantes toujours prêtes à recevoir la petite et la grosse visite, Fiouze sur les genoux. Nous avions convenu d'y aller rondement pour ne pas créer de suspense inutile.

— On se demandait si tu voulais adopter officiellement Fiouze, pour qu'y devienne ton chien. Y est déjà tellement bien avec toi. C'est que ma mère veut pas le prendre.

— Pas *veut* pas, Charlotte, *peut* pas.

Raymond s'est calé dans le fond de son banc en se raclant la gorge. *Osti, man*, ont murmuré les deux autres en lui donnant des petites tapes amicales sur l'épaule.

— Je m'occupe de la stérilisation, des vaccins, des traitements contre les parasites, de tous ses examens. J'ai le certificat d'adoption ici, mais on a laissé l'espace libre pour son nom, vu qu'on savait pas si tu mettais un « i » ou un « y » à Jody. C'est bien ça, Jody ?

Il a posé ses yeux sur l'animal, puis ses mains tremblantes, visiblement troublé. J'ai eu peur un instant qu'on se soit trompées.

— C'est… Joe DiMaggio. Joe-Di, un boutte de chaque mot.

Nous n'avions pas pensé au baseball. Le hockey, c'était bon pour les chats. Cloué sur le mur du garage, avec tout un tas de plaques d'immatriculation, un vieux fanion des Yankees de New York. Le moment avait quelque chose de solennel, de touchant, jusqu'à ce que le téléphone d'Adèle atterrisse violemment à quelques pouces de mon pied, dans la gravelle. Claudine l'avait envoyé valser avec une claque bien sentie en voyant sa fille s'installer pour capter illégalement le moment.

— On a dit: pas de téléphone!

— Crisse de folle! Tu l'as pété!

— Comment?

— T'as pété mon téléphone!

— Avant? Qu'est-ce que t'as dit avant? a fait Claudine lentement.

— OK-eee, pas crisse de folle, mais t'as pété mon téléphone pareil!

— Va-t'en tout de suite en dedans. Pis donne-moi ton téléphone.

— T'as pas le droit!

— TOUT DE SUITE!

Les dents serrées de Claudine l'ont poussée jusqu'à l'intérieur, aucune négociation possible. Une fois sa mère dépompée, plus tard dans la soirée, elle a eu le droit de venir nous rejoindre. Quand l'attention est enfin revenue sur Raymond, il riait, les yeux pleins d'eau, heureux et soulagé: il avait cru que Charlotte emmenait le chien pour de bon en nous voyant descendre avec tout le bataclan. *Ça m'aurait vraiment faite de quoi*, qu'il a avoué. Alors oui, il le voulait, ce serait son chien, son Joe DiMaggio, et aucune bête au monde ne serait plus heureuse que lui, promis juré. Personne n'en doutait. L'intimité du moment ne nous aura coûté qu'une centaine de piasses, grâce aux tuyaux d'Antoine, pour le remplacement de la vitre du téléphone.

***

Nous ne sommes retournées voir Madeleine qu'une seule fois, ensuite elle est morte. L'infirmière lui a administré le protocole d'urgence quand elle est entrée en détresse respiratoire. Le corps s'est abandonné aux drogues sans aucune résistance, heureux même de cette poussée dans le dos pour le dernier droit. Nous aurions tous préféré qu'elle meure dans son sommeil, évidemment, personne n'aurait demandé d'autopsie si l'hôpital nous avait fait le cadeau de ce petit mensonge, mais la vie est souvent indifférente à nos désirs, même les plus profonds, et les professionnels de la santé sont tenus à la vérité. Alors voilà, Madeleine est morte d'une surdose pour éviter de finir suffoquée. Charlotte, qui côtoyait chaque jour des morts autrement plus rugueuses, trouvait que c'était à tout prendre une belle fin.

On lui a organisé une petite cérémonie intime qui s'est tenue au café des chats, loin des églises et des fleurs au parfum capiteux. J'ai versé ma première larme quand Charlotte a sorti les compotes cachées dans son sac.

Claudine s'est chargée d'appeler Amanda, sa cousine, pour négocier un dernier séjour gratuit – même si l'entente n'était valable *que de son vivant*, comme elle ne s'était pas gênée de nous le rappeler – dans ce qui avait longtemps été le chalet de Madeleine. C'est là qu'elle voulait qu'on la dépose, dans ce coude de forêt qui l'avait connue si heureuse.

— Ça va aller à l'automne, sur semaine, le reste est toute *booké*.

— Wow, t'es trop généreuse, Amanda.

— Avez-vous eu des nouvelles du testament ?

— Oui, mais t'es pas dessus. J'imagine que c'est parce que t'avais déjà eu le chalet.

Une pure provocation, personne n'avait entendu parler du testament. Et elle s'amusait trop pour se retenir d'en rajouter.

— C'est la SPCA qui a eu le reste. Méchant motton !

Claudine avait raccroché en se trouvant très drôle. Je doutais cependant que la cousine avale l'affaire sans rechigner, elle ne tarderait pas à débouler chez le notaire pour s'assurer qu'on ne l'ait pas volée. Peu importe, Madeleine rentrerait chez elle en pleine saison des couleurs, c'est tout ce qui comptait.

Égoïstement, le rapprochement entre Claudine et Marc avait commencé à m'inquiéter : on était amies depuis assez longtemps pour que je me permette de lui dire que j'avais peur que nos relations avec nos voisins dérapent en même temps que la leur, m'excusant malgré tout d'envisager une fin possible avant même le début de l'histoire.

Elle s'est plantée devant moi les mains sur les hanches, la face pleine de soleil.

— On déménagera, Didi. Y a des ruelles partout.

Ce n'était la maison d'enfance de personne, ni celle de nos enfants ni la nôtre. Nous l'aimions comme nous pourrions en aimer une autre. Le hasard qui nous avait fait atterrir là pourrait nous déposer ailleurs, il fait bien les choses quand on le laisse faire. Et les lieux finissent par nous habiter, si on leur en donne la chance.

— C'est pas l'histoire d'amour de ma vie, les tripes à l'air pis toute, mais c'est la première fois que je pense pas à maigrir quand je vois un gars.

Sa mère lui avait dit, durant la franche discussion qu'elles avaient fini par avoir au téléphone, après quelques échanges centrés plutôt sur Laurie et ses prouesses campagnardes, qu'elle s'en voulait beaucoup de l'avoir poussée à mentir; elle la voulait heureuse, pour vrai, pas pour elle. Elles en avaient profité pour régler quelques autres petits malentendus que la vie avait semés çà et là, en braillant un bon coup. On discutait comme on faisait la vaisselle, dans cette famille-là, vigoureusement. Claudine avait fini par lui parler de Marc.

— Tu vas même pouvoir le voir, y existe, celui-là.

Ji-Pi est débarqué un soir, sans avertir, ne comptant plus sur mon appel pour que le *verre juste nous deux* advienne: j'usais de tous les prétextes pour continuer de vivre dans la bulle de mes scénarios fleur bleue où tout se passait à merveille, du premier french langoureux au petit-déjeuner du lendemain, en passant par les multiples orgasmes qui ponctuaient l'entre-deux. La vie réelle serait forcément décevante. Il avait apporté une bouteille de cidre et une grosse barquette de framboises, mûres à point, parfaitement salissantes.

La première framboise tombée accidentellement sur mon t-shirt vert pomme, je l'ai essuyée avec un bout de guenille mouillée. À la troisième, un peu moins fortuite, je me suis levée pour aller me changer. Ji-Pi m'a suivie, comme si sa description en cours de la piste cyclable du parc de la Mauricie ne pouvait souffrir une coupure.

— C'est un peu vallonneux, mais pas trop, c'est juste parfait, y a un bel accotement…

Le plus naturellement possible, j'ai retiré mon chandail, que j'ai jeté par terre, ce que je ne fais jamais normalement, et j'ai fouillé dans le premier tiroir ouvert au hasard, rempli de sous-vêtements – j'accroche mes t-shirts, je l'avais oublié. Il s'est avancé doucement derrière moi, a posé son menton sur mon épaule, laissé filtrer son souffle chaud dans mon oreille, avant de m'embrasser le cou. Mon corps s'est couvert de chair de poule. Le reste a suivi.

J'ai laissé sonner le téléphone, n'ai pas répondu à la porte, me suis endormie sans me brosser les dents, une première en un quart de siècle.

J'ai connu des réalités beaucoup plus décevantes.

***

Pour permettre aux soirées de s'étirer un peu, les Ostimans avaient installé un foyer sur la portion d'asphalte qui faisait apparemment partie de leur terrain. Sans cadastre officiel, l'affaire se défendait. Les pompiers ne s'étaient pointés que deux fois: la première fois pour vérifier l'installation et exiger qu'un pare-étincelles couvrant l'entièreté du socle de briques soit installé, la deuxième pour s'assurer que les ajustements avaient été faits dans les règles de l'art. Pour calmer les angoisses de la voisine de gauche, auteure autoproclamée des plaintes

– voyant que les pompiers ne se déplaçaient plus, elle était venue en personne –, Marc lui a offert de venir brûler ses papiers secrets.

— J'ai pas ça, moi, qu'est-ce que vous dites là ?

— Vous avez pas des papiers de banque ? Les voleurs aiment ben ça. Des factures d'affaires *spéciales*, des lettres d'amour, des photos Polaroid de tout nus…

Choquée noir sur le coup, elle est revenue quelques jours plus tard avec, sous le bras, un sac d'épicerie en papier à moitié plein, désireuse de le déposer elle-même au centre des braises, d'un seul tenant. Elle nous a demandé de regarder le ciel pendant quelques minutes, craignant peut-être que les lames de feu brûlantes, en déshabillant le paquet, ne laissent entrevoir des mots ou des bouts de corps compromettants. *C'est pas des photos de tout nus*, qu'elle a tenu à ajouter, ce qui nous rapprochait sûrement un peu de la vérité. À l'odeur et aux couleurs changeantes du feu, son trésor ne contenait pas que du papier. Avant de retourner à son poste de veilleuse de ruelle, elle a tendu à Marc un paquet de saucisses à hot-dog.

— Sur du vrai feu, c'est bon. Faut les fendre un peu, par zemple, pour pas que le chaud reste toute dedans, ça fait des cloques dans le palais.

— Je vous en grille une ?

Elle a accepté deux saucisses, mais refusé de s'asseoir, pas le temps. Nicole est repartie en trottinant dans sa robe de jour fleurie, comme sortie d'une pièce de Tremblay. On n'a pas su ce qui ne pouvait attendre, un samedi soir à une heure aussi avancée. Elle est revenue plusieurs fois, toujours avec un paquet de saucisses, toujours pressée. Adèle l'a baptisée Nicole Hygrade.

C'est grâce à elle que j'ai pensé à ma propre enveloppe, aux secrets marécageux qu'elle pouvait contenir. Je l'ai montrée à Claudine avant de la mettre au feu, lui ai pointé la dentelle de petits carrés pour attester de son authenticité. Les gars ont fait semblant de ne rien voir.

— Ça prouve rien, m'a dit Claudine tout bas, j'ai pas vu ce qu'y avait dedans.

— C'est vrai, ça prouve rien.

— Tu gosses…

Épilogue

À cinq pieds de distance l'une de l'autre pour ne pas risquer de nous blesser, Charlotte et moi nous tenions jambes écartées, masses en l'air – la vieille et la neuve, comme nous. Adèle filmait, Claudine donnait le départ, les autres encourageaient – et Doum faisait quelque chose, quelque part. Le jour 1 des travaux, le début d'un long chemin de croix. Une coquette maison de style champêtre achetée sans inspection, en dépit de tous les voyants rouges qu'auraient dû allumer les mots « besoin d'amour » précisés dans la fiche. Et de nos mises en garde répétées. Mais pas question de jouer les rabat-joie.

— Vous frappez juste à *go* ! Un… deux… trois… *go* !

Nos masses se sont à peine enfoncées dans le plâtre, sans grande conviction, retenues par le treillis métallique juste derrière. On construisait autrement à l'époque. Rien à voir avec le gypse friable qui cédait au moindre accrochage. Lydia nous avait apporté une belle réserve de sacs de jute, beaucoup plus résistants, si lourds une fois remplis qu'il fallait les répartir également aux quatre coins des pièces pour équilibrer le poids. Quand Ji-Pi est venu nous rejoindre, il s'est d'abord attelé à charroyer les poches jusqu'au conteneur à déchets qui occupait une bonne partie de la cour. Tout le monde avait fait *wow* ! en le voyant débarquer avec sa chemise de travail à carreaux noirs et roses.

Au milieu de la matinée, nous sommes tombés sur le corps d'une cheminée en briques rouges – quatre pieds par quatre pieds – emmurée derrière le garde-manger. On s'était contenté, semble-t-il, de l'étêter et de refermer le toit sur les vestiges, contrevenant ainsi à tous les articles du code du bâtiment. Mais sans inspection… Pour en venir à bout, il nous faudrait de l'équipement lourd, des masques, un système de ventilation, des chaudières de transport, etc.

Une heure plus tard, Lydia nous sommait, un peu paniquée, de sortir au plus vite de la cuisine : elle venait de découvrir qu'un des murs porteurs avait été abattu pour créer la belle aire ouverte du rez-de-chaussée – un grand classique des rénos maison – et que la baignoire à l'étage risquait de nous tomber sur la tête à tout moment. Usant de tous ses contacts, elle avait réussi à dénicher en location suffisamment de colonnes télescopiques pour assurer le soutien de la structure en attendant l'installation d'une poutre en LVL. Claudine et moi nous lancions en douce des regards entendus de filles qui sont déjà passées par la case « grosses rénos » : en une seule demi-journée, même en regard d'estimations très conservatrices, les coûts du projet avaient déjà doublé.

À 10 h 42, Charlotte trouvait un nid de perce-oreilles dans le crépi de la fondation.

À 11 h 11, Dominique s'ouvrait la cuisse sur un vieux manche de râteau en métal rouillé en fouillant le cabanon à la recherche d'on ne sait quoi.

À 11 h 14, Claudine partait pour la clinique avec mon gendre mou, dont le dernier vaccin contre le tétanos remontait à ses années du primaire.

À 11 h 36, Charlotte pleurait, la tête sur les genoux, dépassée par tout.

Le moment était venu. J'aurais aimé qu'il se présente autrement, mais voilà, on ne choisit pas toujours. Je suis allée chercher mon sac à main dans ma voiture et suis revenue m'asseoir à côté d'elle, dans le foin de la cour qui nous flattait les genoux, les trois chèques pliés ensemble à la main. J'ai libéré le sien pour le placer sous ses yeux bouffis.

— C'était pour une mise de fonds sur ta maison, mais t'en avais pas besoin à ce moment-là.

Elle regardait le bout de papier sans broncher.

— Lydia connaît tous les contracteurs de la ville, mon amour, les bons pis les crosseurs, tu peux y faire confiance. Délègue donc le gros de la *job*, ça te ferait plus de temps pour sauver des animaux. Moins de blessures pour ton homme…

— Pis les autres, ils seront pas jaloux ?

Je lui ai montré les chèques pour Alexandre et Antoine, nos signatures au bas de chacun, à moi et à Jacques, qui dataient déjà de deux mois. Ça lui a beaucoup plu, la complicité de ses vieux. Quand sa tête a touché mon épaule, j'ai su qu'elle abdiquait, ma grande femme forte.

Je suis revenue plusieurs fois autour de la maison au début des travaux, mais pas pour surveiller le chantier. En bonne déchicaneuse que j'étais, je me suis mêlée de mes oignons. Si je rôdais dans les parages, c'est que dans les herbes hautes jaunies, tapie en crevette poilue, une toute petite bête s'aventurait jusqu'à moi chaque fois que j'avais la patience d'attendre, la main tendue. Au bout d'une semaine, quand j'ai compris qu'elle était bien seule, abandonnée, je l'ai ramenée à la maison. Deux grosses tiques à la tête enflée lui suçaient déjà le dos. Il était temps de venir se faire une vie avec moi. Et ma vet de fille qui serait toujours dans les parages.

— Aimerais-tu ça, t'appeler Mado, tit chat ?

— …

— OK, va pour Mado.

Il s'est lové dans mon coude en ronronnant, dans le seul petit vide affectif qu'il me restait à combler.

— Vu qu'on jase, là, tu penses quoi des rhinocéros en plastique, toi ?

Table

1 Où je redécouvre la course de corridor. 9
2 Où je montre un bout de mes fesses. 23
3 Où je découvre la multifonctionnalité de l'index de Ji-Pi. 39
4 Où je karenne avec classe. 58
5 Où les solutions se trouvent au sous-sol. 72
6 Où je m'auto-déchicane. 89
7 Où j'ai des beaux cheveux. 111
8 Où je me mets les deux pieds dans la bouche.. 126
9 Où je déteste les dimanches. 142
10 Où je me transforme en chasseuse de têtes fasciste. 159
11 Où je ne vois pas venir la vengeance d'Adèle.. 185
12 Où Ji-Pi se demandait. 210
13 Où je m'attaque derechef à l'enveloppe. 222
Épilogue 237

Diane s'offre une prime

En fin d'après-midi, tout le monde est débarqué, même Dominique, qui avait contre toute espérance – la mienne, du moins – réussi à finir sa journée plus tôt. Les mains vides, au grand désarroi de Charlotte, qui lui avait demandé d'apporter une bouteille de vin.

— Au moins une baguette, christi, Doum, je te le dis chaque fois, t'as pas d'allure, t'es comme un enfant ! On débarque pas chez le monde les mains vides. T'es tellement, tellement… sais-tu, je pense que nous deux, c'est fini.

— À cause d'une baguette ?

— À cause de l'absence d'une baguette. C'est juste un symptôme du reste, Doum, je peux pus. Je mérite mieux. Tu peux souper avec nous autres aujourd'hui, vu que t'es déjà là, mais après, tu sors de ma vie pour toujours, OK ? Tu pars, tu fais pas d'histoires, tu vides l'appartement, tu fais un beau ménage, tu laves même les planchers, pis après tu pars dans ta nouvelle vie, avec une nouvelle blonde, pis t'es heureux, pis moi aussi. On peut rester des amis, mais c'est pas obligé. Moi aussi, je vais me trouver un autre *chum*, ma mère veut être grand-mère, en plus, pis j'suis pas sûre qu'on ferait des bons enfants ensemble, ta génétique est pas super, tu comprends…

— Oui, Charlotte, je comprends. Faisons ça.

Myriam l'éditrice – Coupez ! *In your dreams*, Diane. T'as pas le droit de toucher au manuscrit.
Diane – Ce serait mieux comme ça, pis ça change quasiment rien à l'histoire.
Myriam l'éditrice – Ça sonne secondaire deux pis c'est complètement invraisemblable.
Charlotte – J'suis un peu d'accord.
Diane – Mais Marie-Renée était d'accord pour le faire sortir.
Marie-Renée – J'suis là, Diane, c'est pas vrai.
Diane – Mer-de.
Myriam l'éditrice – On reprend !

Suivez-nous

Achevé d'imprimer en octobre deux mille vingt-deux
sur les presses de l'imprimerie Gauvin
Gatineau, Québec